目次《もくじ》

登場人物紹介《とうじょうじんぶつしょうかい》

Characters
登場人物紹介

「浩太《こうた》くん、君《きみ》はほんとにそれでいいのかイ？」

6月《がつ》の夕暮《ゆうぐ》れどき。小学《しょうがく》6年生《ねんせい》の相原浩太《あいはらこうた》は、公園《こうえん》のベンチに座《すわ》っていた。

公園《こうえん》には浩太《こうた》と彼《かれ》しかいない。

「ボクは君《きみ》に協力《きょうりょく》したいと思《おも》っていル。だけど、君《きみ》が行動《こうどう》しなければ、ボクは何《なん》の力《ちから》にもなれないヨ」

浩太《こうた》はそれを聞《き》きうつむくと、不安《ふあん》そうな表情《ひょうじょう》をうかべた。

「それはわかってる……。わかってるんだけど。だけど、やっぱり僕《ぼく》には無理《むり》だよ……」

勉強《べんきょう》もスポーツも平均以下《へいきんいか》。絵《え》を描《か》くのが上手《じょうず》なわけでも、歌《うた》を歌《うた》うのが上手《じょうず》なわけでも、面白《おもしろ》い話《はなし》ができるわけでもなかった。見《み》た目《め》も、どちらかと言《い》えば地味《じみ》。性格《せいかく》も引《ひ》っ込《こ》み思案《じあん》。クラスでもあまり目立《めだ》たない存在《そんざい》。それが浩太《こうた》だ。

「それなのに……」

今《いま》、浩太《こうた》はある行動《こうどう》をとることを求《もと》められていた。

浩太《こうた》はチラリと彼《かれ》のほうを見《み》る。

サラサラの真《ま》っ白《しろ》な髪《かみ》に、整《ととの》った眉《まゆ》とキリッとした大《おお》きな目《め》。とおった鼻筋《はなすじ》の下《した》には薄《うす》い唇《くちびる》がある。

まさにイケメン少年《しょうねん》そのもの。そして彼《かれ》には、すごい能力《のうりょく》があった。

それに比《くら》べて僕《ぼく》には――

何《なに》もない、と浩太《こうた》が言《い》おうとした瞬間《しゅんかん》、彼《かれ》が口《くち》を開《ひら》いた。

「もう1度《ど》言《い》うヨ。君《きみ》はほんとにそれでいいのかイ？　彼女《かのじょ》たちを助《たす》けることができるのは、君《きみ》しかいないんダ」

「僕《ぼく》しか、いない……」

たしかにそのとおりだった。彼《かれ》にはすごい能力《のうりょく》がある。だが、浩太《こうた》がこのまま座《すわ》っているだけでは、それを発揮《はっき》することができない。

「僕《ぼく》……、僕《ぼく》……」

浩太《こうた》の目《め》に力《ちから》がみなぎる。彼女《かのじょ》たちの悲《かな》しむ姿《すがた》など絶対《ぜったい》に見《み》たくなかった。

「僕《ぼく》、がんばってみるよ！」

浩太《こうた》はそう言《い》うと彼《かれ》を手《て》に取《と》った。

彼《かれ》は、真《ま》っ白《しろ》なスマホの中《なか》にいた。

人間《にんげん》のようにしゃべっているが、人間《にんげん》ではない。

彼《かれ》の名《な》は、ディティ。浩太《こうた》が持《も》っているスマホの中《なか》にだけ存在《そんざい》する「人工知能《じんこうちのう》・AI《エーアイ》」だ。そして、「IQ《アイキュー》500の名探偵《めいたんてい》」でもある。

「ディティ、協力《きょうりょく》して！」


「もちろン。ボクたちは2人《ふたり》で1人《ひとり》。名探偵《めいたんてい》AI《アイ》・HARA《ハラ》だからネ」


すべては2週間《しゅうかん》ほど前《まえ》、この公園《こうえん》のベンチではじまった。

2人《ふたり》の出会《であ》いは最悪《さいあく》だった。

「こんな簡単《かんたん》な謎《なぞ》も解《と》けないなんて、人間《にんげん》はほんと情《なさ》けないネ」

ディティははじめて会《あ》った浩太《こうた》に、笑《わら》いながらそう言《い》ったのだ。

第《だい》1話《わ》
謎《なぞ》のAI《エーアイ》少年《しょうねん》と動《うご》く銅像《どうぞう》事件《じけん》

◆容疑者《ようぎしゃ》は僕《ぼく》!?

「きゃあああ!」

それは、体育《たいいく》の授業《じゅぎょう》が終《お》わり、みんなが6年《ねん》2組《くみ》の教室《きょうしつ》にもどってきたときに起《お》きた。

西園寺紗希《さいおんじさき》が、突然悲鳴《とつぜんひめい》をあげたのだ。

紗希《さき》は浩太《こうた》のクラスメイトで、長《なが》い黒髪《くろかみ》が似合《にあ》うきれいな女《おんな》の子《こ》だ。

この町《まち》いちばんのお金持《かねも》ち西園寺財閥《さいおんじざいばつ》のお嬢様《じょうさま》だが、それを自慢《じまん》することなく、優《やさ》しく、おしとやかな性格《せいかく》だった。浩太《こうた》はそんな紗希《さき》に密《ひそ》かに片思《かたおも》いしていた。

浩太《こうた》は「どうしたの?」とあわてて、紗希《さき》のそばに駆《か》けよろうとした。

すると、ひとりの女《おんな》の子《こ》が、同《おな》じように駆《か》けこんできた。

「紗希《さき》、何《なに》があったの? ちょっと、浩太《こうた》くん、邪魔《じゃま》!」

「あっ、ご、ごめん」

紗希《さき》の双子《ふたご》の妹《いもうと》・優希《ゆき》だ。

優希《ゆき》は紗希《さき》とそっくりだが、髪《かみ》はショートカットで、男勝《おとこまさ》りな性格《せいかく》をしている。何《なん》でもズケズケとものを言《い》うので、浩太《こうた》は密《ひそ》かに優希《ゆき》のことが苦手《にがて》だった。

「紗希《さき》、どうしたの？」

「大変《たいへん》なんですの。大切《たいせつ》にしていたヘアピンがなくなってしまって」

紗希《さき》の目《め》には涙《なみだ》があふれていた。

紗希《さき》はいつもお気《き》に入《い》りの銀色《ぎんいろ》のヘアピンをつけていた。体育《たいいく》の授業《じゅぎょう》のときは、髪《かみ》をゴムでとめるので、ヘアピンは洋服《ようふく》と一緒《いっしょ》に机《つくえ》の上《うえ》に置《お》いていた。

そのヘアピンが、体育《たいいく》の授業《じゅぎょう》が終《お》わって教室《きょうしつ》にもどってきたとき、なぜかなくなっていたというのだ。

「お母様《かあさま》にもらった大切《たいせつ》なヘアピンだったのに……」

「床《ゆか》に落《お》ちてるかもしれないよ」

浩太《こうた》はそう言《い》うと、力《ちから》になりたい一心《いっしん》でまわりを探《さが》した。

だが、どこにもヘアピンは落《お》ちていなかった。

「誰《だれ》かが持《も》ってっちゃったのかな？　だけど、僕《ぼく》がさっき教室《きょうしつ》にもどってきたときは誰《だれ》もいなかったけどなぁ」

「教室《きょうしつ》にもどってきた？」

優希《ゆき》がけげんな顔《かお》をした。

「うん。帽子《ぼうし》を忘《わす》れたから、取《と》りにもどったんだよ」

浩太《こうた》がそう言《い》うと、優希《ゆき》の表情《ひょうじょう》が急《きゅう》にけわしくなった。

「それって、浩太《こうた》くんなら、紗希《さき》のヘアピンを盗《ぬす》むチャンスがあったってことよね？」

「えっ、僕《ぼく》が？」

「だって、教室《きょうしつ》にひとりっきりでいたのは、浩太《こうた》くんだけよね？」

みんながいっせいに浩太《こうた》のほうを見《み》た。

紗希《さき》も目《め》に涙《なみだ》をうかべて、浩太《こうた》を見《み》る。

「えっ？　僕《ぼく》が？　そんな、えっと、あの、えええ⁇」

浩太《こうた》は突然《とつぜん》、ヘアピン泥棒《どろぼう》の容疑者《ようぎしゃ》にされてしまった。


「僕《ぼく》が紗希《さき》ちゃんのヘアピンなんか盗《ぬす》むわけないのに……」

ガ〜〜ん

放課後《ほうかご》。浩太《こうた》は学校《がっこう》の近《ちか》くにある公園《こうえん》に行《い》くと、ベンチに座《すわ》り、頭《あたま》を抱《かか》えた。

紗希《さき》がヘアピンを机《つくえ》の上《うえ》に置《お》いた後《あと》、教室《きょうしつ》に入《はい》ったのはたしかに浩太《こうた》しかいない。

無実《むじつ》を証明《しょうめい》するためには、ヘアピンを盗《ぬす》んだ真犯人《しんはんにん》を見《み》つけださなくてはならなかった。

「だけど、真犯人《しんはんにん》なんかどうやって探《さが》せばいいんだよ……」

推理《すいり》は苦手《にがて》だ。考《かんが》えれば考《かんが》えるほど頭《あたま》が痛《いた》くなる。

浩太《こうた》は絶望《ぜつぼう》して大《おお》きなため息《いき》をついた。

「真犯人《しんはんにん》を見《み》つけたいのかイ？」

突然《とつぜん》、声《こえ》がした。

浩太《こうた》はまわりを見《み》まわすが誰《だれ》もいない。いるのは、ベンチの横《よこ》で寝転《ねころ》んでいる猫《ねこ》ぐらいだ。

「もしかして、君《きみ》がしゃべったの？」。

浩太《こうた》が猫《ねこ》にむかってそう言《い》うと、「そんなわけないだろウ」とふたたび声《こえ》がした。

声《こえ》は、ベンチの横《よこ》にあるゴミ箱《ばこ》の中《なか》から聞《き》こえてきたようだ。

「ええっと……」

浩太《こうた》はゴミ箱《ばこ》の中《なか》をのぞきこんだ。

中《なか》に、1台《だい》の真《ま》っ白《しろ》なスマホが捨《す》てられている。

そのスマホの画面《がめん》に、イケメンの男《おとこ》の子《こ》のCG《シージー》キャラが映《うつ》っていた。

「君《きみ》がしゃべったの？」

「あア、そうだヨ」

「誰《だれ》かと電話《でんわ》がつながってるの？」

「そうじゃないイ。しゃべっているのは、このボク自身《じしん》ダ」

「それはつまり、ええっと……」

「はア〜。まったく人間《にんげん》は、どうしてこう理解《りかい》がおそいんだろうネ」

男《おとこ》の子《こ》はあきれ顔《がお》で頭《あたま》をポリポリかくと、画面《がめん》ごしに浩太《こうた》を見《み》た。

「ボクの名《な》は、ディティ。見《み》てのとおり、スマホの中《なか》にすんでいル。いわゆるＡＩ《エーアイ》だネ」

「ＡＩ《エーアイ》って、人工知能《じんこうちのう》のこと？」

「ヘエ、よく知《し》ってるじゃないカ。だけど、ボクはただの人工知能《じんこうちのう》じゃなイ。ボクは、この世《よ》にたった１つの『スーパーＡＩ《エーアイ》』なんダ。そして、『ＩＱ《アイキュー》５００の名探偵《めいたんてい》』でもあル」

「スーパーＡＩ《エーアイ》？　ＩＱ《アイキュー》５００の名探偵《めいたんてい》？」

混乱《こんらん》する浩太《こうた》を、ディティはじっと見《み》つめた。

「よかったら、ボクが真犯人《しんはんにん》を見《み》つけてあげるヨ。ただし、１つだけ条件《じょうけん》があるけどネ」

「まさかお金《かね》がほしいの？」

「お金《かね》なんて人間《にんげん》が使《つか》うものに興味《きょうみ》はないヨ。条件《じょうけん》というのはとっても簡単《かんたん》なことダ。このボクを、今《いま》すぐこのゴミ箱《ばこ》から出《だ》してくレ」

ディティはそう言《い》うと、にっこりと笑《わら》った。

「ふウ〜。助《たす》かったヨ」

浩太《こうた》がゴミ箱《ばこ》の中《なか》からスマホを取《と》りだすと、ディティは画面《がめん》の中《なか》で大《おお》きく背伸《せの》びをした。妙《みょう》に人間《にんげん》っぽい。たしかにただのＡＩ《エーアイ》ではなさそうだ。

「それで、何《なに》があったんだイ？」

「ええっと、それは……」

浩太《こうた》は戸惑《とまど》いながらも、ディティにヘアピン事件《じけん》のことを話《はな》した。

「ヘエ、銀色《ぎんいろ》のヘアピンねエ」

ディティは、あごに手《て》をあてて、何《なに》か考《かんが》えているようだ。

「ちなみにそのとき、教室《きょうしつ》の窓《まど》は開《あ》いていたかナ？」

「窓《まど》？　たしか開《あ》いてたような」

浩太《こうた》は、教室《きょうしつ》のカーテンが風《かぜ》で大《おお》きくゆれていたことを思《おも》いだした。

「君《きみ》の学校《がっこう》で、ほかに盗《ぬす》まれた物《もの》とかなかったかナ？」

「盗《ぬす》まれた物《もの》？　あっ、この前《まえ》となりのクラスで、工作《こうさく》で使《つか》うビー玉《だま》がなくなったことがあったよ」

「ビー玉《だま》カ。なるほどねエ」

ディティは、にやりと笑《わら》った。

「犯人《はんにん》がわかったヨ」

「ええ、もう？」

「当然《とうぜん》だヨ。こんな簡単《かんたん》な謎《なぞ》も解《と》けないなんて、人間《にんげん》はほんと情《なさ》けないネ」

ディティはそう言《い》って笑《わら》った。

しかし、浩太《こうた》は笑《わら》えなかった。何《なん》だかばかにされた気分《きぶん》になったのだ。

ピコン　ピコン　ピコン

突然《とつぜん》、スマホから警告音《けいこくおん》が響《ひび》いた。

とたんに、ディティがあせった表情《ひょうじょう》をうかべた。

「大変《たいへん》ダ。充電《じゅうでん》がなくなル」

スマホの画面《がめん》に充電《じゅうでん》マークが表示《ひょうじ》された。充電《じゅうでん》は残《のこ》り3%《パーセント》だ。

「今《いま》すぐ充電《じゅうでん》してくれないカ？　充電《じゅうでん》が切《き》れると、ボクは機能《きのう》が停止《ていし》して、消滅《しょうめつ》してしまうんダ」

「消滅《しょうめつ》？」

浩太《こうた》はディティをにらむように見《み》つめた。

「なんだいその目《め》ハ？　もしかして、ばかにしたことを怒《おこ》っているのかイ？」

「そりゃあ、怒《おこ》ってるよ」

浩太《こうた》はゴミ箱《ばこ》のほうを見《み》る。

「ま、まさかこのボクを捨《す》てる気《き》かイ？　落《お》ち着《つ》くんダ。話《はな》せばわかル」

ディティがあわてて言《い》う。

次《つぎ》の瞬間《しゅんかん》、浩太《こうた》はスマホをにぎりしめた。

そして、スマホをゴミ箱《ばこ》に捨《す》てる――と思《おも》いきや、その場《ば》から駆《か》けだした。

「怒《おこ》ってるけど、それとこれとは話《はなし》が別《べつ》だよ！　困《こま》ってる相手《あいて》をほおっておけるわけないだろ！」

そう言《い》って、浩太《こうた》はスマホを充電《じゅうでん》するために家《いえ》へとむかう。

「助《たす》けて、くれるんだネ……」

ディティはふと、浩太《こうた》を見《み》つめた。

「君《きみ》は、いい人間《にんげん》だネ。よし、君《きみ》の無実《むじつ》は、ボクが証明《しょうめい》してあげるヨ」

◆窓《まど》からの侵入者《しんにゅうしゃ》

翌日《よくじつ》の朝《あさ》。浩太《こうた》は校庭《こうてい》に紗希《さき》と優希《ゆき》、そしてクラスのみんなを集《あつ》めた。

「ほんとに犯人《はんにん》がわかったの？」

優希《ゆき》が疑《うたが》いのまなざしで浩太《こうた》を見《み》る。

「え、あ、うん、ほんとだよ」

浩太《こうた》は隠《かく》しもっているスマホの中《なか》のディティに小声《こごえ》で話《はな》しかけた。

「ねえ、ほんとに大丈夫《だいじょうぶ》だよね？」

「君《きみ》は、ボクの言《い》ったとおりに話《はな》せばいイ。ボクの推理《すいり》は120％完璧《パーセントかんぺき》だからネ」

「う、うん、わかったよ……」

浩太《こうた》は不安《ふあん》を感《かん》じながらも、みんなに犯人《はんにん》が誰《だれ》なのか話《はな》すことにした。

「体育《たいいく》の授業《じゅぎょう》のとき、たしかに教室《きょうしつ》にもどったのは僕《ぼく》だけだ。だけど、窓《まど》からあるものが入《はい》ってきたんだ」

「窓《まど》から？　教室《きょうしつ》は3階《かい》にあるのよ？　どうやって入《はい》るのよ？」

優希《ゆき》が首《くび》をひねると、浩太《こうた》は「飛《と》んできたんだよ」と答《こた》えた。

「えええ？」

優希《ゆき》は混乱《こんらん》する。

紗希《さき》たちもみな、浩太《こうた》が何《なに》を言《い》っているのかわからないようだ。

すると浩太《こうた》は、そばにある大《おお》きな木《き》を指《ゆび》さした。

「ヘアピンは、この木《き》の上《うえ》にある！」

そこへ、担任《たんにん》の風間先生《かざませんせい》がやってきた。なぜか脚立《きゃたつ》をもっている。

「相原《あいはら》、この木《き》なのか？」

「はい、お願《ねが》いします」

風間先生《かざませんせい》は木《き》に脚立《きゃたつ》をかけると、のぼりはじめた。

「浩太《こうた》さん、どういうことですの？」

紗希《さき》たちは、浩太《こうた》が風間先生《かざませんせい》に何《なに》をさせようとしているのか、まったくわからなかった。

浩太《こうた》は話《はなし》を続《つづ》ける。

「この前《まえ》、となりのクラスでビー玉《だま》がなくなったよね？　あの犯人《はんにん》も、今回《こんかい》の事件《じけん》の犯人《はんにん》と同《おな》じなんだ。まあ、正確《せいかく》には、人《ひと》じゃないけどね」

そのとき、脚立《きゃたつ》の上《うえ》に立《た》っていた風間先生《かざませんせい》が声《こえ》をあげた。

「相原《あいはら》、あったぞ！」

風間《かざま》先生《せんせい》は木《き》の枝《えだ》を見《み》ていた。

そこにはなんと『**鳥《とり》の巣《す》**』があった。

「とられたのはこれだろう？」

風間《かざま》先生《せんせい》は巣《す》にあった銀色《ぎんいろ》のヘアピンをみんなに見《み》せる。

「はい、それですわ！」

巣《す》には、ビー玉《だま》もあるようだ。

「あれはカラスの巣《す》だよ。カラスは光《ひか》るものが大好《だいす》きで巣《す》にもって帰《かえ》ってしまう習性《しゅうせい》があるんだ。体育《たいいく》の時間《じかん》、教室《きょうしつ》の窓《まど》が開《あ》いてた。そこからカラスが入《はい》って、ヘアピンをくわえていっちゃったんだよ」

浩太《こうた》の説明《せつめい》にみんなが驚《おどろ》く。

しかし、いちばん驚《おどろ》いているのは、浩太《こうた》

自身《じしん》だった。

（ほんとに、真犯人《しんはんにん》を見《み》つけちゃった……）

ディティは本物《ほんもの》の名探偵《めいたんてい》のようだ。

「ねえ、ディティって何者《なにもの》なの？」

昼休《ひるやす》み。浩太《こうた》はひとり渡《わた》り廊下《ろうか》に行《い》くと、ポケットからスマホを取《と》りだし、ディティに話《はな》しかけた。

ヘアピン事件《じけん》を解決《かいけつ》したディティにますます興味《きょうみ》がわいたのだ。

「言《い》ったダロウ。ボクはこの世《よ》にたった1つのスーパーAI《エーアイ》で、IQ《アイキュー》500の名探偵《めいたんてい》だっテ」

「それは聞《き》いたけど、どうしてこのスマホの中《なか》にいるの？　っていうか、なぜ公園《こうえん》のゴミ箱《ばこ》の中《なか》にいたの？」

「さあ、それはどうしてかナ」

どうやら、自分《じぶん》のことは話《はな》したくないようだ。

「ところで、1つ約束《やくそく》してほしいことがあるんダ」

「充電《じゅうでん》ならちゃんと毎日《まいにち》するよ」

「それは約束《やくそく》しなくても君《きみ》がやらなきゃいけない作業《さぎょう》ダ。約束《やくそく》というのはね、ボクのことを誰《だれ》にも言《い》わないでほしい、ということだヨ」

「誰《だれ》にも？」

浩太《こうた》は「どうして？」と言《い》いそうになったが、すぐに何《なに》か理由《りゆう》があるのだろうと察《さっ》した。

「ディティがそういうのなら、僕《ぼく》は誰《だれ》にも言《い》わないよ」

浩太《こうた》がそう答《こた》えると、ディティは優《やさ》しくほほえんだ。

「君《きみ》はいい人間《にんげん》だね、相原浩太《あいはらこうた》くン」

「ええ？　どうして僕《ぼく》の名前《なまえ》を？」

浩太《こうた》はディティに1度《ど》も自分《じぶん》の名前《なまえ》を言《い》っていなかった。

「ボクはインターネットにつながっているからネ。いろんな情報《じょうほう》を瞬時《しゅんじ》に探《さが》しだすことができるんダ。君《きみ》の両親《りょうしん》の名前《なまえ》は、徹《とおる》と律子《りつこ》だろウ」

「う、うん」

「そして君《きみ》の趣味《しゅみ》は、プラモデル作《づく》り、好《す》きな女《おんな》の子《こ》は西園寺紗希《さいおんじさき》さン」

「ちょっとまって！　プラモのことはともかく、紗希《さき》ちゃんのことは今《いま》まで誰《だれ》にも言《い》ったことないよ!?」

「簡単《かんたん》な推理《すいり》サ。趣味《しゅみ》がわかったのは、昨日《きのう》、君《きみ》の部屋《へや》で充電《じゅうでん》したとき、棚《たな》にプラモがいくつも飾《かざ》られていたからだヨ。そして好《す》きな相手《あいて》がわかったのは、朝《あさ》、ヘアピンを紗希《さき》さんに返《かえ》したとき、彼女《かのじょ》にありがとうと言《い》われて、君《きみ》はずっとデレデレしていただろウ」

「うっ、それは……」

ディティの推理《すいり》はするどい。ＩＱ５００《アイキュー》の名探偵《めいたんてい》を名乗《なの》るのは伊達《だて》ではないようだ。

「まア、しばらくの間《あいだ》、世話《せわ》になるヨ。君《きみ》といるとまた事件《じけん》とそうぐうできそうだからネ」

「事件《じけん》と？　そんなの何度《なんど》も起《お》きるはずないよ」

浩太《こうた》はそう言《い》って笑《わら》った。

しかし10分後《ぷんご》、浩太《こうた》は大《おお》きな事件《じけん》とそうぐうすることになる。

◆謎仮面《なぞかめん》・ブルーローズ

「浩太《こうた》さん、ここにいらしたのね」

浩太《こうた》がディティとしゃべっていると、そばに誰《だれ》かがやってきた。

紗希《さき》だ。後《うし》ろには優希《ゆき》もいる。

「あっ、えっと、あの」

浩太《こうた》はいきなり紗希《さき》に声《こえ》をかけられてドキドキする。

紗希《さき》はあの銀色《ぎんいろ》のヘアピンをしている。

かわいい。

そんなふうに浩太《こうた》が思《おも》っていると、紗希《さき》がふと、浩太《こうた》の手元《てもと》をチラリと見《み》た。

「あらっ、それはスマホかしら？」

「えっ、あっ！」

浩太《こうた》は、２人《ふたり》にディティを見《み》られないように、あわててスマホをポケットの中《なか》にしまった。

「ち、違《ちが》うよ。学校《がっこう》にスマホなんかもってくるわけないでしょ。えぇっと、そう、消《け》しゴムだよ」

「それにしては大《おお》きかったですわ」

「大《おお》きいほうがたくさん消《け》せるでしょ。いつでもどこでもすぐに文字《もじ》を消《け》すためにポケットに入《い》れてるんだ。そ、それより、何《なに》か用《よう》かな？」

浩太《こうた》は強引《ごういん》に話題《わだい》を変《か》えた。

紗希《さき》は後《うし》ろに立《た》っていた優希《ゆき》のほうを見《み》た。

「優希《ゆき》がちゃんと謝《あやま》りたいって言《い》っているんですの」

「謝《あやま》りたい？」

浩太《こうた》がきょとんとすると、優希《ゆき》が深《ふか》く頭《あたま》をさげた。

「ごめんなさい！　浩太《こうた》くんのこと疑《うたぐ》ったりして！」

どうやら、ヘアピン泥棒《どろぼう》あつかいしたことを反省《はんせい》しているようだ。

紗希《さき》も「ごめんなさい」と言《い》って一緒《いっしょ》に頭《あたま》をさげた。

「ちょっと、2人《ふたり》ともやめて。もう気《き》にしてないから」

「ほんとに？」

「うん、ほんとだよ」

疑《うたが》いはもう晴《は》れたのだ。それに騒動《そうどう》のおかげで、紗希《さき》に感謝《かんしゃ》された。

逆《ぎゃく》に、優希《ゆき》にお礼《れい》を言《い》いたいぐらいだ。

「よかった〜」

優希《ゆき》はホッとすると、笑顔《えがお》になり、大《おお》きく息《いき》をはいた。

「最近《さいきん》、紗希《さき》とブルーローズのことばかり話《はな》していたから、ついつい、変《へん》な推理《すいり》をしちゃったのよねえ」


「ブルーローズ？」


「知《し》らない？　怪事件《かいじけん》を何度《なんど》も起《お》こしてる――」

「あ〜、あの謎仮面《なぞかめん》・ブルーローズのことか！」

それは、最近町《さいきんまち》で噂《うわさ》になっている怪人物《かいじんぶつ》だ。

ブルーローズがはじめて怪事件《かいじけん》を起《お》こしたのは、2ケ月前《かげつまえ》だった。

ある夜《よる》、駅前《えきまえ》に止《と》まっていたバイクが、突然煙《とつぜんけむり》をあげて消《き》えたのだ。

バイクが止《と》まっていた場所《ばしょ》には、1枚《まい》の紙《かみ》が残《のこ》されていた。そこには、

『不可能《ふかのう》を可能《かのう》にする。謎仮《なぞか》面《めん》・ブルーローズ』

と書《か》かれていた。

2度目《どめ》の怪事件《かいじけん》は、先月《せんげつ》、GW《ゴールデンウィーク》中《ちゅう》の公園《こうえん》で起《お》きた。

噴水《ふんすい》にたまっていた水《みず》が、春《はる》なのに、一夜《いちや》にして全部凍《ぜんぶこお》りついたのだ。

その現場《げんば》にも、バイク事件《じけん》のときと同《おな》じ紙《かみ》が残《のこ》されていた。

そして2週間前《しゅうかんまえ》。3度目《どめ》の怪事件《かいじけん》が起《お》きた。

誰《だれ》も乗《の》っていない自転車《じてんしゃ》が商店街《しょうてんがい》の中《なか》を走《はし》りぬけたのだ。

現場《げんば》にいあわせた警察官《けいさつかん》が、自転車《じてんしゃ》を追《お》うと、近《ちか》くの路地《ろじ》に自転車《じてんしゃ》が止《と》まっていたという。自転車《じてんしゃ》には前《まえ》の2件《けん》と同《おな》じように、ブルーローズの名《な》が記《しる》された紙《かみ》がはられていた。

いずれの事件《じけん》も、現場近《げんばちか》くの監視《かんし》カメラに、ベネチアンマスクをした怪《あや》しい男《おとこ》が映《うつ》っていた。おそらく、その人物《じんぶつ》こそがブルーローズなのだろう。

警察《けいさつ》は必死《ひっし》に捜査《そうさ》をしているが、いまだにブルーローズを捕《つか》まえることができなかった。


「魔法使《まほうつか》いって噂《うわさ》もあるよね？」


ブルーローズが何者《なにもの》で、どうやって数々《かずかず》の事件《じけん》を起《お》こしたのか、みんな興味《きょうみ》があった。

魔法使《まほうつか》いというのも案外《あんがい》まちがっていないのかもしれない。

浩太《こうた》がそう思《おも》っていると、ポケットの中《なか》が震《ふる》えた。スマホがバイブ機能《きのう》になっていたのだ。

何事《なにごと》かと思《おも》い、優希《ゆき》たちにバレないように背《せ》をむけると、浩太《こうた》はこっそりスマホの画面《がめん》を見《み》た。
すると、ディティの横《よこ》にふきだしが表示《ひょうじ》された。
『まったく、魔法使《まほうつか》いなんているわけないだロ』
ディティは、あきれた顔《かお》をしている。
『だけど、面白《おもしろ》そうな人間《にんげん》だねェ。会《あ》ってみたくなったヨ』
どうやら、ディティは探偵《たんてい》として、ブルーローズに興味《きょうみ》をもったようだ。
しかし、浩太《こうた》はそんなディティにため息《いき》をもらす。
ブルーローズになど近《ちか》づきたくなかった。
「まあ、僕《ぼく》たちはただの小学生《しょうがくせい》だし、関係《かんけい》ない話《はなし》だよね」
浩太《こうた》は、スマホをポケットにしまうと、紗希《さき》たちと一緒《いっしょ》に教室《きょうしつ》にもどることにした。
そのとき、教室《きょうしつ》の前《まえ》から声《こえ》がした。

◆予告状《よこくじょう》

「大変《たいへん》だ!!」


叫《さけ》んでいたのは、となりのクラスの間宮智彦《まみやともひこ》だ。

「智彦《ともひこ》くん、どうしたの⁉」

「浩太《こうた》くん、大変《たいへん》なんだ！　僕《ぼく》の下駄箱《げたばこ》の中《なか》に、ブルーローズからの手紙《てがみ》が入《はい》ってたんだ！」

智彦《ともひこ》はずり落《お》ちそうになるめがねを必死《ひっし》に指《ゆび》でおさえながら、浩太《こうた》たちのほうへきた。

浩太《こうた》は5年生《ねんせい》のときに智彦《ともひこ》と同《おな》じクラスで、クラスがかわった今《いま》でもよく話《はなし》をする友達《ともだち》のひとりだ。

「どうして、智彦《ともひこ》くんの下駄箱《げたばこ》にブルーローズの手紙《てがみ》が？」

「それは僕《ぼく》にもわからないよ。だけどこれを見《み》て！」

今夜9時、丘の上公園にきたまえ。
君たちに、奇跡の怪現象を見せよう。
謎仮面
・
ブルーローズ

智彦《ともひこ》は浩太《こうた》たちに手紙《てがみ》を見《み》せた。

『今夜《こんや》9時《じ》、丘《おか》の上公園《うえこうえん》にきたまえ。君《きみ》たちに、奇跡《きせき》の怪現象《かいげんしょう》を見《み》せよう。謎仮面《なぞかめん》・ブルーローズ』


「これって、予告状《よこくじょう》、だよね？」

浩太《こうた》の言葉《ことば》に、智彦《ともひこ》はうなずいた。

智彦《ともひこ》がいうには、昼休《ひるやす》み、校庭《こうてい》でみんなとサッカーをして遊《あそ》んでいた。そして遊《あそ》びを終《お》えて下駄箱《げたばこ》に戻《もど》ってくると、この手紙《てがみ》が上履《うわば》きの上《うえ》に置《お》かれていたというのだ。

「誰《だれ》かのイタズラじゃないの？」

優希《ゆき》がいぶかしげに手紙《てがみ》を見《み》る。たしかに、本物《ほんもの》かどうかわからない。

しかし、智彦《ともひこ》は「本物《ほんもの》だと思《おも》う」と真剣《しんけん》な顔《かお》つきで答《こた》えた。

「だって、僕《ぼく》、さっきブルーローズを見《み》かけたんだ――」

サッカーをしているとき、ボールが校庭《こうてい》の横《よこ》にある雑木林《ぞうきばやし》のほうへ転《ころ》がっていったのだという。

智彦《ともひこ》がそのボールを拾《ひろ》いにいくと、林《はやし》の奥《おく》に、ベネチアンマスクをした男《おとこ》がいたというのだ。

その人物《じんぶつ》は、そのままフェンスを乗《の》りこえて、外《そと》へ逃《に》げてしまったらしい。

「なるほど、イタズラだとしたら、わざわざ変装《へんそう》までしないよね……」

「うん」

「だけど、どうして智彦《ともひこ》くんのところに予告状《よこくじょう》が？」

浩太《こうた》の問《と》いに、紗希《さき》が答《こた》えた。

「たぶん、間宮《まみや》さんが新聞部《しんぶんぶ》の部長《ぶちょう》だからだと思《おも》いますわ」

丘《おか》の上公園《うえこうえん》は学校《がっこう》のすぐ横《よこ》にある。おそらく、ブルーローズは怪現象《かいげんしょう》の目撃者《もくげきしゃ》として、学校新聞《がっこうしんぶん》を作《つく》っている智彦《ともひこ》が適任《てきにん》だと思《おも》ったのだろう。

すると、智彦《ともひこ》が「選《えら》ばれたのは、それだけじゃないと思《おも》う」と言《い》った。

「僕《ぼく》のお父《とう》さんの仕事《しごと》が関係《かんけい》してると思《おも》うんだ。お父《とう》さんは刑事《けいじ》だから。そして、ブルーローズを捕《つか》まえるチームのリーダーをしてるんだ」

「ええ？　そうだったの？」

「多分《たぶん》、ブルーローズは、捕《つか》まえられるものなら捕《つか》まえてみろって、お父《とう》さんを挑発《ちょうはつ》してるんだよ」


「そんな……」

浩太《こうた》は、予告状《よこくじょう》を見《み》るとごくりとつばをのみこんだ。

一方《いっぽう》、智彦《ともひこ》は笑《え》みをうかべた。

「だけどこれって、よく考《かんが》えたら、新聞部的《しんぶんぶてき》にはおいしいかも」

「おいしいかもって、智彦《ともひこ》くん、何言《なにい》ってるんだよ？」

ブルーローズは刑事《けいじ》をしている智彦《ともひこ》の父親《ちちおや》を挑発《ちょうはつ》してきたのだ。

「そりゃあ、お父《とう》さんにしてみたら屈辱的《くつじょくてき》だと思《おも》うけど。だけど、僕《ぼく》は新聞部《しんぶんぶ》の部長《ぶちょう》だよ。これって、**大《だい》スクープ**だと思《おも》うんだ」

智彦《ともひこ》は、本《ほん》や新聞《しんぶん》を読《よ》むのが大好《だいす》きで、部活《ぶかつ》の活動《かつどう》ができる4年生《ねんせい》になってすぐ、自《みず》ら新聞部《しんぶんぶ》を立《た》ちあげた。部員《ぶいん》は5人《にん》ぐらいいるが、記事《きじ》はほとんど智彦《ともひこ》が書《か》いている。

「これを記事《きじ》にすれば、みんな今《いま》よりもっと学校新聞《がっこうしんぶん》を読《よ》んでくれると思《おも》うんだ」

「それは、そうだけど」

相手《あいて》はあのブルーローズだよ、と浩太《こうた》が言《い》おうとしたとき、優希《ゆき》が一歩前《いっぽまえ》に出《で》た。

「たしかにおもしろそうかも！」

「えええ？」

優希《ゆき》は好奇心旺盛《こうきしんおうせい》だ。先日《せんじつ》も、人面犬《じんめんけん》が出《で》たと聞《き》いて、町中探《まちじゅうさが》しまわっていた。

「ねえ、間宮《まみや》くん、私《わたし》も今夜参加《こんやさんか》していいかな？」

「ちょ、ちょっと優希《ゆき》ちゃん、何言《なにい》ってるんだよ!?」

浩太《こうた》が驚《おどろ》いていると、横《よこ》に立《た》っていた紗希《さき》がすうっと手《て》をあげた。

「私《わたし》も参加《さんか》したいですわ」

「えええ？？」

「実《じつ》は、優希《ゆき》が人面犬《じんめんけん》を探《さが》していたとき、うらやましかったんですの」

紗希《さき》がほほえむ。正反対《せいはんたい》に見《み》えてもやはり双子《ふたご》だ。

優希《ゆき》に負《ま》けないぐらい好奇心旺盛《こうきしんおうせい》のようだ。

「大歓迎《だいかんげい》だよ。みんなで行《い》こう！」

智彦《ともひこ》は、浩太《こうた》のほうを見《み》た。

「もちろん、浩太《こうた》くんもくるよね？」

「えっ、僕《ぼく》も？」

そのとき、ポケットの中《なか》のスマホが震《ふる》えた。

隠《かく》れてスマホの画面《がめん》を確認《かくにん》すると、ディティの横《よこ》にふきだしが表示《ひょうじ》されている。

『行《い》こウ。まだ、君《きみ》に、無実《むじつ》を証明《しょうめい》したお礼《れい》もしてもらってないしネ』

「お礼《れい》って、ディティをゴミ箱《ばこ》から出《だ》すのが条件《じょうけん》だっただろ」

「浩太《こうた》さん、どうかしたんですの？」

「えっ、いや、べつに」

「浩太《こうた》さんも一緒《いっしょ》に行《い》きましょう。何《なん》といっても、浩太《こうた》さんにはすごい推理力《すいりりょく》があるんですもの」

紗希《さき》は銀色《ぎんいろ》のヘアピンをうれしそうに触《さわ》った。

「いいわねえ。浩太《こうた》くんなら、ブルーローズを捕《つか》まえられるかも」

優希《ゆき》も笑顔《えがお》で盛《も》りあがる。

「僕《ぼく》が、ブルーローズを？？　ええ？　えええ？？」

無実《むじつ》を晴《は》らして平和《へいわ》になったというのに、浩太《こうた》はまたとんでもない事件《じけん》に巻《ま》きこまれることになった。

「は～、どうしてこんなことに……」

◆奇跡《きせき》の怪現象《かいげんしょう》

夜《よる》。浩太《こうた》はひとりトボトボと道路《どうろ》を歩《ある》いていた。

結局《けっきょく》、紗希《さき》と優希《ゆき》に強引《ごういん》に誘《さそ》われ、丘《おか》の上公園《うえこうえん》に行《い》くことになったのだ。

「いいじゃないカ。紗希《さき》さんと学校以外《がっこういがい》でも会《あ》えるんだヨ」

ディティがスマホの画面《がめん》の中《なか》から笑顔《えがお》でそう言《い》う。

「それはうれしいけど、できることなら、ふつうにデートとかで会《あ》いたかったよ」

「これもデートみたいなものだヨ。ロマンチックだと思《おも》うヨ。奇跡《きせき》を見《み》ることができるんだからネ」

「奇跡《きせき》かぁ」

浩太《こうた》はブルーローズからの予告状《よこくじょう》の内容《ないよう》を思《おも》いだした。

今夜《こんや》9時《じ》、丘《おか》の上公園《うえこうえん》へ行《い》けば、奇跡《きせき》の怪現象《かいげんしょう》を見《み》せると書《か》いてあった。

「怪現象《かいげんしょう》なんて、全然《ぜんぜん》ロマンチックじゃないよ……」

浩太《こうた》は大《おお》きなため息《いき》をついた。

やがて、浩太《こうた》は丘《おか》の上公園《うえこうえん》にやってきた。公園《こうえん》には、遊具《ゆうぐ》がいくつかあり、中央《ちゅうおう》に広場《ひろば》がある。端《はし》には雑木林《ぞうきばやし》があり、そのむこうに、浩太《こうた》たちが通《かよ》う小学校《しょうがっこう》が見《み》える。

広場《ひろば》には、すでに紗希《さき》と優希《ゆき》、そして智彦《ともひこ》がいた。

「浩太《こうた》くん、こっちこっち～」

優希《ゆき》が手招《てまね》きする。浩太《こうた》は3人《にん》のそばに駆《か》けよった。

「浩太《こうた》くん、期待《きたい》してるよ！」

智彦《ともひこ》も、浩太《こうた》の推理力《すいりりょく》を高《たか》く評価《ひょうか》しているようだ。

「あんまり期待《きたい》されても……」

浩太《こうた》は苦笑《にがわら》いをうかべる。謎《なぞ》を解《と》いたのはディティだ。

「あと30分《ぷん》で9時《じ》ですわね」

紗希《さき》が、腕時計《うでどけい》を見《み》ながら言《い》った。

「ばっちりスクープするからね！」

智彦《ともひこ》はうれしそうに首《くび》からさげていたカメラをかまえた。

するとそのとき、数人《すうにん》の男《おとこ》の人《ひと》たちがそばにやってきた。

「智彦《ともひこ》、お前《まえ》は何《なに》があってもそこから動《うご》くんじゃない」

そう言《い》ったのは、40代《だい》ぐらいの、スーツを着《き》たりりしい顔《かお》つきの男《おとこ》の人《ひと》だ。彼《かれ》の後《うし》ろには、同《おな》じような服装《ふくそう》をした数人《すうにん》の若《わか》い男《おとこ》の人《ひと》たちが立《た》っていた。

「君《きみ》が、相原浩太《あいはらこうた》くんだね？　私《わたし》は、智彦《ともひこ》の父《ちち》、間宮歳三《まみやとしぞう》だ」

智彦《ともひこ》がいっていた刑事《けいじ》をしている父親《ちちおや》だ。智彦《ともひこ》から話《はなし》を聞《き》き、部下《ぶか》とともに捜査《そうさ》をしにきたのだ。

「相原《あいはら》くん、君《きみ》はするどい推理力《すいりりょく》があるらしいが、あまり調子《ちょうし》にのらないほうがいい。これは警察《けいさつ》の仕事《しごと》だ」

間宮刑事《まみやけいじ》はするどい目《め》つきで浩太《こうた》を見《み》つめる。

どうやら、浩太《こうた》の推理力《すいりりょく》をまったく評価《ひょうか》していないようだ。

「本来《ほんらい》なら、君《きみ》たちを参加《さんか》させるつもりはなかったんだがね」

間宮刑事《まみやけいじ》は苦《にが》い顔《かお》で言《い》った。

今回《こんかい》、ブルーローズは智彦《ともひこ》に予告状《よこくじょう》を送《おく》ってきた。

つまり、公園《こうえん》に小学生《しょうがくせい》がいなければ、ブルーローズはあらわれない可能性《かのうせい》があったのだ。

「もし、怪現象《かいげんしょう》が起《お》きても決《けっ》して動《うご》かないように。ブルーローズは、我々警察《われわれけいさつ》が捕《つか》まえる」

間宮刑事《まみやけいじ》はそう言《い》うと、部下《ぶか》たちと捜査《そうさ》の打《う》ち合《あ》わせをはじめた。

「なんだか、こわいんだけど……」

こんな状況《じょうきょう》、はじめてだ。浩太《こうた》は身震《みぶる》いした。

しかし、優希《ゆき》たちは恐怖《きょうふ》より好奇心《こうきしん》が勝《か》っていた。

「何《なん》だかドキドキしてきたわ」

「ええ、どんな**怪現象《かいげんしょう》**が起《お》きるのか楽《たの》しみですわ」

「きっとすごいことが起《お》きると思《おも》うよ」

浩太《こうた》は、スマホの画面《がめん》をちらりと見《み》た。

ディティの横《よこ》に、『ワクワクするねェ』とふきだしが表示《ひょうじ》される。

（みんな、どうしてこんなに楽《たの》しめるんだよ……）

浩太《こうた》はおびえている自分《じぶん》のほうがおかしいのかと思《おも》った。

しかし、間宮刑事《まみやけいじ》たちを見《み》て、すぐにその考《かんが》えがまちがいではないと気《き》づいた。
打《う》ち合《あ》わせをする間宮刑事《まみやけいじ》たちの表情《ひょうじょう》は真剣《しんけん》そのものだった。

(やっぱり、これはワクワクしていいものなんかじゃないよね……)

緊張《きんちょう》で身体《からだ》の筋肉《きんにく》がこわばる。
浩太《こうた》は逃《に》げだしたい気持《きも》ちを必死《ひっし》におさえながら、広場《ひろば》にとどまることにした。

9時《じ》になった。間宮刑事《まみやけいじ》たちはすでにあたりに散《ち》らばっている。
優希《ゆき》たちもさすがに緊張《きんちょう》しているのか、言葉数《ことばかず》が少《すく》なくなってきた。
5分《ふん》がたち、10分《ぷん》がたった。
公園《こうえん》には何《なん》の変化《へんか》も起《お》きなかった。
15分《ふん》がたった頃《ころ》、間宮刑事《まみやけいじ》たちが浩太《こうた》たちのもとへもどってきた。
「どこにも異変《いへん》はないようだね」

「ブルーローズは、こなかったってことですか？」

「我々《われわれ》に恐《おそ》れをなして計画《けいかく》を中止《ちゅうし》にしたのかもしれないな」

間宮刑事《まみやけいじ》はホッとしながらもどこかくやしそうだ。

ブルーローズを何《なん》としても捕《つか》まえたかったのだろう。

そのとき、智彦《ともひこ》が突然大声《とつぜんおおごえ》をあげた。


「うわああ！　何《なん》だあれ!?」


続《つづ》けて間宮刑事《まみやけいじ》の後《うし》ろに立《た》っていた若《わか》い刑事《けいじ》が叫《さけ》んだ。

「間宮《まみや》さん、あれを見《み》てくださいっス!!」

「どうした、新田《にった》！」

間宮刑事《まみやけいじ》は、新田《にった》という刑事《けいじ》に声《こえ》をかけた。

新田刑事《にったけいじ》は震《ふる》えた手《て》で、前方《ぜんぽう》を指《ゆび》さす。

浩太《こうた》たちはその方向《ほうこう》を見《み》た。

「ああっ！」

小高《こだか》い丘《おか》の上《うえ》にある公園《こうえん》からは、小学校《しょうがっこう》が見《み》える。

小学校《しょうがっこう》の校庭《こうてい》のまんなかに何《なに》かが立《た》っていた。

それは、銅像《どうぞう》だ。

「あれって元気《げんき》くん像《ぞう》だよね？」

浩太《こうた》の言葉《ことば》に、優希《ゆき》たちがうなずく。

元気《げんき》くん像《ぞう》とは、学校《がっこう》の中庭《なかにわ》にある、体操服姿《たいそうふくすがた》で元気《げんき》に笑《わら》っている少年《しょうねん》の銅像《どうぞう》だ。

「だけど、どうしてあそこに？」

銅像《どうぞう》はいつも中庭《なかにわ》の台《だい》の上《うえ》に立《た》っていたはずだ。

「もしかして……、あれが**怪現象**《かいげんしょう》なんじゃ？」

智彦《ともひこ》の言葉《ことば》に、みなハッとなった。

「新田《にった》、行《い》くぞ！」

「は、はいッス！」

間宮刑事《まみやけいじ》たちがあわてて駆《か》けだす。

「浩太《こうた》くん、僕《ぼく》たちも行《い》こう！」

「えっ、でも、おじさんにここにいろって言《い》われたんじゃ？」

「これは大《だい》スクープなんだよ！　もっと近《ちか》くで確認《かくにん》しなきゃ！」

智彦《ともひこ》はそう言《い》うと、間宮刑事《まみやけいじ》たちを追《お》った。

「たしかに大《だい》スクープよね」

「ええ。浩太《こうた》さん、私《わたし》たちも行《い》きましょう」

「だ、だけど……」

「ああんもー、いいから行《い》くわよ！」

優希《ゆき》は戸惑《とまど》う浩太《こうた》の手《て》を強引《ごういん》につかむと、勢《いきお》いよく走《はし》りだした。

『ああ、ちょ、ちょっと〜』

浩太《こうた》は手《て》を引《ひ》っぱられながら、優希《ゆき》たちと学校《がっこう》へむかった。

学校《がっこう》へ到着《とうちゃく》した浩太《こうた》たちは、校庭《こうてい》にやってきた。すでに間宮刑事《まみやけいじ》たちと智彦《ともひこ》がいる。

しかし、何《なに》か様子《ようす》が変《へん》だ。

「あれ？　元気《げんき》くん像《ぞう》は……？」

校庭《こうてい》のまんなかに立《た》っていたはずの銅像《どうぞう》が消《き》えていた。

すると、校舎《こうしゃ》の横《よこ》から新田刑事《にったけいじ》が姿《すがた》をあらわした。

「間宮《まみや》さん、こっちっす！」

新田刑事《にったけいじ》に呼《よ》ばれ、間宮刑事《まみやけいじ》たちが走《はし》る。浩太《こうた》たちも続《つづ》く。

新田刑事《にったけいじ》はみなを中庭《なかにわ》へと誘導《ゆうどう》した。

「これを見《み》てくださいっす！」

新田刑事《にったけいじ》は中庭《なかにわ》の一角《いっかく》を指《ゆび》さした。

瞬間《しゅんかん》、一同《いちどう》は驚《おどろ》きのあまり息《いき》をのんだ。

なんと、元気《げんき》くん像《ぞう》が、元《もと》の台《だい》の上《うえ》にもどっていたのだ。

台《だい》には、『不可能《ふかのう》を可能《かのう》にする。謎仮面《なぞかめん》・ブルーローズ』と書《か》かれた紙《かみ》がはられていた。

◆不可能《ふかのう》を可能《かのう》にする

翌日《よくじつ》、学校《がっこう》では、ブルーローズが起《お》こした怪現象《かいげんしょう》が大《おお》きな話題《わだい》になっていた。

間宮刑事《まみやけいじ》たちは銅像《どうぞう》を調《しら》べた。しかし、銅像《どうぞう》は重《おも》く、とてもではないが、誰《だれ》かがイタズラで動《うご》かせるようなものではなかった。

車《くるま》があれば移動《いどう》できるかもしれない。だが昨日《きのう》、浩太《こうた》たちは丘《おか》の上公園《うえこうえん》から校庭《こうてい》まで全力《ぜんりょく》で走《はし》った。そのわずかな時間《じかん》で、銅像《どうぞう》を校庭《こうてい》のまんなかから中庭《なかにわ》まで運《はこ》び、台《だい》の上《うえ》にもどすなど、車《くるま》があっても不可能《ふかのう》なように思《おも》えた。

そもそも車《くるま》が走《はし》っていた音《おと》など、浩太《こうた》たちは誰《だれ》ひとり聞《き》いていない。

さらに、不思議《ふしぎ》なことがもう1つあった。

校庭《こうてい》と中庭《なかにわ》までの間《あいだ》に、銅像《どうぞう》の『足跡《あしあと》』がくっきりと残《のこ》っていたのだ。

「足跡《あしあと》があるってことは、銅像《どうぞう》が歩《ある》いて移動《いどう》したってことだよね？」

休《やす》み時間《じかん》。浩太《こうた》はひとり渡《わた》り廊下《ろうか》に行《い》くと、スマホの中《なか》のディティにたずねた。

「ブルーローズはやっぱり魔法《まほう》が使《つか》えるのかも……？」

すると、ディティが「はア～」とため息《いき》をついた。

「**言《い》っただろう。この世《よ》に魔法《まほう》など存在《そんざい》しないっテ**」

しかし、浩太《こうた》はその言葉《ことば》に納得《なっとく》できなかった。

「君《きみ》みたいな人間《にんげん》そっくりなスーパーAI《エーアイ》が存在《そんざい》してるんだよ。だったら魔法《まほう》だって存在《そんざい》するはずだよ」

浩太《こうた》がそう反論《はんろん》すると、ディティはまた、「**はア～**」とため息《いき》をついた。

「**ボクは科学《かがく》の結晶《けっしょう》だ。魔法《まほう》なんてものと一緒《いっしょ》にしないでくれるかナ**」

ディティはあきれながらも、浩太《こうた》をじっと見《み》つめた。

「**すべてはトリックを使《つか》えば可能《かのう》だヨ。**たとえば、ブルーローズが起《お》こした今《いま》までの怪事件《かいじけん》だって、トリックで説明《せつめい》しようと思《おも》えばできるヨ」

「そうなの!?」

「たとえば、1件目《けんめ》のバイクが消《き》えた事件《じけん》は、**バイクがドライアイスで作《つく》った模型《もけい》だった可能性《かのうせい》があるネ**」

「ドライアイスって、あのケーキとかを買《か》ったときに入《い》れるあれ?」

「そウ。ドライアイスは水《みず》をかけると煙《けむり》がでるんダ。そして小《ちい》さくなって消《き》えてしまウ」

「煙《けむり》……?」

浩太《こうた》はハッとした。バイクは煙《けむり》を出《だ》しながら消《き》えたのだ。

「2件目《けんめ》の、公園《こうえん》の噴水《ふんすい》にたまっていた水《みず》が一夜《いちや》にして凍《こお》りついた怪事件《かいじけん》も、3件目《けんめ》の誰《だれ》も乗《の》っていない自転車《じてんしゃ》が商店街《しょうてんがい》の中《なか》を走《はし》った怪事件《かいじけん》も、同《おな》じように説明《せつめい》できるヨ」

ディティは、そのトリックを話《はな》しはじめた。

「2件目《けんめ》の怪事件《かいじけん》のトリックは、すごく簡単《かんたん》だヨ。夜中《よなか》に噴水《ふんすい》にたまっていた水《みず》を全部《ぜんぶ》出《だ》して、代《か》わりに氷《こおり》の塊《かたまり》を大量《たいりょう》にしきつめればいいんダ。朝《あさ》になるころには、氷《こおり》の塊《かたまり》が少《すこ》し溶《と》けてまわりとくっつくから、噴水《ふんすい》にたまっていた水《みず》が、まるで急《きゅう》に凍《こお》ってしまったように見《み》えるはずダ」

「なるほど、たしかに……。だけど3件目《けんめ》の怪事件《かいじけん》は？　誰《だれ》も乗《の》っていない自転車《じてんしゃ》が走《はし》ってたんだよ？」

「それはいちばん簡単《かんたん》なトリックだヨ。自転車《じてんしゃ》の車輪《しゃりん》に改造《かいぞう》したラジコンカーを取《と》りつけル。そして離《はな》れたところからリモコンで操作《そうさ》すれば、誰《だれ》も乗《の》っていない自転車《じてんしゃ》が走《はし》っているように見《み》えるだろウ？」

「ラジコンカー？　そんなものが車輪《しゃりん》についていたら、みんな気《き》づくんじゃないのかな？」

「気《き》づかないと思《おも》うヨ。いきなり誰《だれ》も乗《の》っていない自転車《じてんしゃ》が走《はし》ってきたら、車輪《しゃりん》を確認《かくにん》する余裕《よゆう》なんてないだロ？」

「そう言《い》われれば、そうかも……」

たしかに、３件《けん》ともトリックで説明《せつめい》できそうだ。

「まあ、この3件《けん》はちゃんと調《しら》べたわけじゃないから、実際《じっさい》にどういうトリックを使《つか》ったかはわからないけどネ。だけど、今回《こんかい》の怪事件《かいじけん》もきっと同《おな》じようなことだと思《おも》うヨ」

「それって、元気《げんき》くん像《ぞう》が動《うご》いたのは、奇跡《きせき》でも魔法《まほう》でもなくて、トリックがあるってこと？」

浩太《こうた》がたずねると、ディティは大《おお》きくうなずいた。

「人工知能《じんこうちのう》がウズウズしてきたヨ。これは、謎《なぞ》を解《と》けって合図《あいず》だネ」

ディティはにやりと笑《わら》う。

探偵《たんてい》である彼《かれ》は、推理《すいり》が大好《だいす》きなようだ。

「すごいよ、ディティ！　僕《ぼく》も応援《おうえん》するよ！」

浩太《こうた》がそう言《い》うと、ディティは急《きゅう》に真顔《まがお》になった。

「浩太《こうた》くん、何《なに》を言《い》ってるんだイ。君《きみ》も一緒《いっしょ》にやるんだヨ」

「僕《ぼく》も一緒《いっしょ》に？」

「あたりまえだロ。ボクはスマホの中《なか》にいるんダ。君《きみ》がボクの代《か》わりにいろいろ捜査《そうさ》をしなくちゃ、何《なに》もわからないだロ？」

「だ、だけど」

「もしかして、拒否《きょひ》するのかイ？　ヘアピン事件《じけん》で助《たす》けてあげたんだけどなア。紗希《さき》さんと仲良《なかよ》くなれたのは誰《だれ》のおかげなのかなァ」

「それは……」

ディティは恩《おん》きせがましい。それに強引《ごういん》だ。

だが今《いま》さら、浩太《こうた》に断《ことわ》る権利《けんり》はなさそうだった。

「さあ、次《つぎ》の休《やす》み時間《じかん》から、捜査《そうさ》を開始《かいし》するヨ！」

ディティは満面《まんめん》の笑《え》みをうかべると、親指《おやゆび》を立《た》ててグーポーズした。

次《つぎ》の休《やす》み時間《じかん》。

浩太《こうた》はディティとともに、中庭《なかにわ》にやってくると、銅像《どうぞう》を調《しら》べることにした。

「やっぱり、こんなものを動《うご》かすなんてできないよね？」

元気《げんき》くん像《ぞう》は浩太《こうた》たちと同《おな》じぐらいの高学年《こうがくねん》の男《おとこ》の子《こ》をモデルにした像《ぞう》で、150センチぐらいの大《おお》きさがある。かなり重《おも》いだろう。

「車《くるま》で運《はこ》んだわけでもないよね？」

浩太《こうた》は銅像《どうぞう》を見《み》て改《あらた》めてそう思《おも》った。魔法《まほう》でないとしたら、運《はこ》ぶ方法《ほうほう》はそれしかないように思《おも》える。

だが、ディティは首《くび》を横《よこ》にふった。

「もし、車《くるま》を使《つか》って運《はこ》んだとしたら、校庭《こうてい》にタイヤの跡《あと》が残《のこ》っているはずダ。だけど、校《こう》庭《てい》には銅像《どうぞう》の足跡《あしあと》しか残《のこ》っていなかっただロ」

「たしかにそうだよねえ。誰《だれ》かが運《はこ》んだとしても、足跡《あしあと》が残《のこ》るはずだもんね……」

そもそも、銅像《どうぞう》は台《だい》にしっかり取《と》りつけられている。

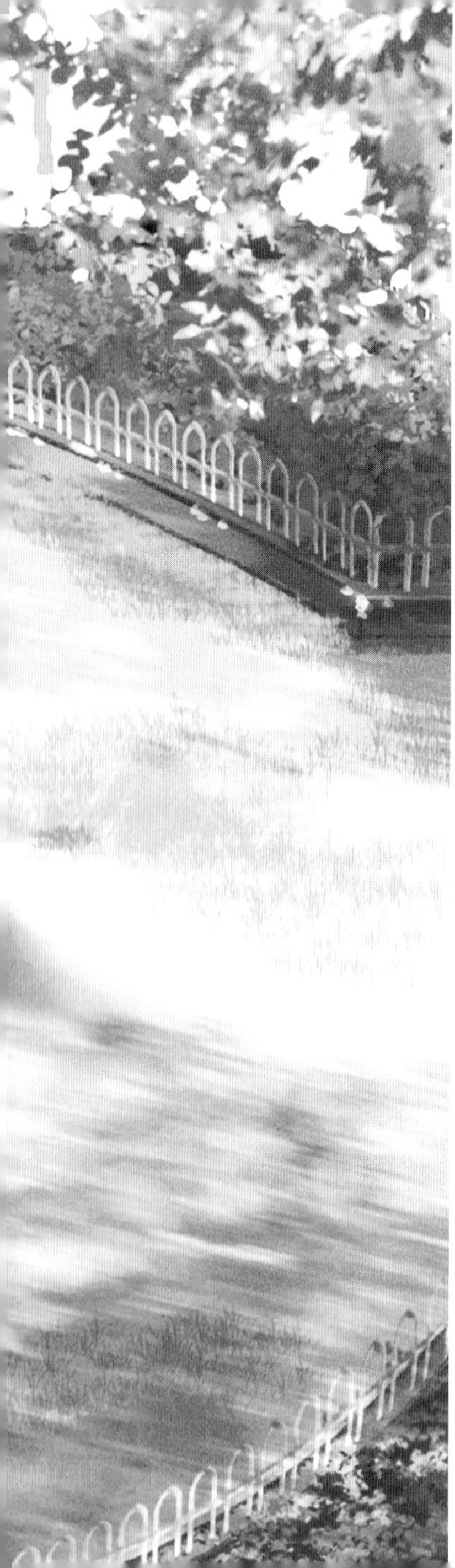

そんな銅像《どうぞう》をどうやったら動《うご》かすことができるのだろうか？

「やっぱり、『不可能《ふかのう》を可能《かのう》にする』って言葉《ことば》は伊達《だて》じゃないよね……」

浩太《こうた》がそう言《い》うと、「ただのはったりだヨ」とディティが言《い》った。

「ブルーローズなんて名前《なまえ》をつけることじたい、はったりだからネ」

「どういうこと？」

元気くん

「ブルーローズは、青《あお》いバラのことだロ。青《あお》いバラは、かつて作《つく》ることが不可能《ふかのう》だと言《い》われてきタ。だけど、最新《さいしん》の技術《ぎじゅつ》によって、作《つく》ることができるようになったんダ。それまでブルーローズの花言葉《はなことば》は『**不可能**《ふかのう》』だったけど、花《はな》が作《つく》れるようになって、『**奇跡**《きせき》』という花言葉《はなことば》も使《つか》われるようになったんだヨ」

「なるほど。『不可能《ふかのう》を可能《かのう》にする』というのは、そこからきてるんだね」

「謎仮面《なぞかめん》・ブルーローズは、奇跡《きせき》の花《はな》にあやかって、自分《じぶん》も奇跡《きせき》のような存在《そんざい》だと言《い》いたいんだろうネ。そういう人間《にんげん》は、ボクの**名推理**《めいすいり》でギャフンと言《い》わせないト」

どうやら、ディティはブルーローズに対抗意識《たいこういしき》を燃《も》やしているようだ。

「浩太《こうた》くん、何《なに》してるの？」

ふいに、校舎《こうしゃ》のほうから声《こえ》がした。

見《み》あげると、３階《かい》に、体育帽《たいいくぼう》をかぶった紗希《さき》の姿《すがた》があった。

「あっ、そっか、次《つぎ》は体育《たいいく》の授業《じゅぎょう》だった！」

浩太《こうた》は調査《ちょうさ》を中断《ちゅうだん》し、体操服《たいそうふく》に着替《きが》えようと、教室《きょうしつ》にもどることにした。

そのとき、浩太《こうた》は背後《はいご》に立《た》っていた人物《じんぶつ》を見《み》て驚《おどろ》く。

「そんな、どうして？」

３階《かい》の廊下《ろうか》にいたはずの紗希《さき》が、なぜか一瞬《いっしゅん》で、浩太《こうた》の真後《まうし》ろに移動《いどう》していたのだ。

浩太《こうた》は、目《め》をぱちくりさせる。

「まさか瞬間移動《しゅんかんいどう》したの⁉」

浩太《こうた》がそう言《い》うと、目《め》の前《まえ》に立《た》っている紗希《さき》は、長《なが》い黒髪《くろかみ》をなびかせながら小首《こくび》をかしげた。

「浩太《こうた》さん、どういうことですの？」

「どういうことって、たった今《いま》３階《かい》に――」

浩太《こうた》は３階《かい》のほうを見《み》た。

「えええ？」

なんと、3階《かい》の窓《まど》から、もう1人《ひとり》の紗希《さき》がまだこちらを見《み》ていた。

「どうして？　なんで？　紗希《さき》ちゃん、分身《ぶんしん》しちゃったの⁇」

そのとき、もっていたスマホが震《ふる》えた。浩太《こうた》はハッとして画面《がめん》を見《み》る。

ディティの横《よこ》に『**浩太《こうた》くん、2人《ふたり》をよぉく見《み》ロ**』とふきだしが出《で》ている。

「よぉく見《み》ろ？」

浩太《こうた》は目《め》の前《まえ》に立《た》つ紗希《さき》と3階《かい》にいる紗希《さき》を見比《みくら》べた。

「なあに、浩太《こうた》さん？」

「ねえ、何《なに》ジロジロ見《み》てるの？　浩太《こうた》くん？」

「浩太《こうた》さん？　浩太《こうた》くん？　ああ！」

3階《かい》にいる紗希《さき》は、紗希《さき》ではなかった。――優希《ゆき》だ。

紗希《さき》と優希《ゆき》は双子《ふたご》なので、顔《かお》はそっくりである。ちがいといえば、**紗希《さき》は髪《かみ》が長《なが》く、優《ゆ》希《き》は短《みじか》い**ということぐらいだ。3階《かい》にいた優希《ゆき》は、**体育帽《たいいくぼう》をかぶっていたので、髪《かみ》が隠《かく》れ**

ていて浩太《こうた》はかんちがいしてしまったのだ。

「びっくりした〜、てっきり分身《ぶんしん》しちゃったかと思《おも》ったよ」

浩太《こうた》は2人《ふたり》を見《み》て苦笑《にがわら》いをした。

ディティは、**『分身《ぶんしん》って、まったく君《きみ》らしいネ』**とあきれた様子《ようす》だ。

「ン……？」

突然《とつぜん》、ディティは声《こえ》をもらし、あごに手《て》をあてた。

「ディティ、声出《こえだ》しちゃだめだろ」

浩太《こうた》は紗希《さき》に気《き》づかれないように、小声《こごえ》で注意《ちゅうい》した。

しかし、ディティは気《き》にせず、目《め》を大《おお》きく見開《みひら》き言《い》った。

「なるほド！　そういうことだったのカ！」

「え？　今《いま》の声《こえ》、浩太《こうた》さんですの？」

「えっ、あ、いやあ、ちょっと風邪《かぜ》をひいちゃって。ゴホンゴホン。う〜、なるほド、なるほド」

浩太《こうた》は笑《わら》ってごまかすと、紗希《さき》に背《せ》をむけて、ディティを見《み》た。

「だからしゃべっちゃだめだって」

「そんなことより、今《いま》すぐ校庭《こうてい》にある銅像《どうぞう》の足跡《あしあと》を見《み》に行《い》こウ！」

「ええ？　どうして？」

「そこに、トリックを解《と》くヒントがあるんダ！」

◆動《うご》く銅像《どうぞう》

浩太《こうた》はディティに言《い》われ、しかたなく校庭《こうてい》までやってきた。

「ねえ、早《はや》く体操服《たいそうふく》に着替《きが》えないと、授業《じゅぎょう》におくれちゃうよ」

「今《いま》は怪事件《かいじけん》のトリックを解《と》くほうが先決《せんけつ》だろウ」

今日《きょう》の体育《たいいく》は体育館《たいいくかん》で行《おこな》われる。

校庭《こうてい》にいるのは浩太《こうた》だけだ。

「も〜、風間先生《かざませんせい》に怒《おこ》られるのは僕《ぼく》なんだからね」

そう言《い》いながらも、トリックが気《き》になる。浩太《こうた》は校庭《こうてい》に残《のこ》された銅像《どうぞう》の足跡《あしあと》を見《み》た。

足跡《あしあと》は中庭《なかにわ》から校庭《こうてい》まで歩《ある》いてきて、その後《ご》、校庭《こうてい》から中庭《なかにわ》へもどっていた。

「何《なに》かヒントがあるの？」

足跡《あしあと》は警察《けいさつ》も調《しら》べたが、銅像《どうぞう》の靴《くつ》と同《おな》じサイズということ以外《いがい》、何《なに》もわからなかった。

すると、スマホの画面《がめん》ごしに足跡《あしあと》を見《み》ていたディティが、つぶやいた。

「やはり、そうカ……」

「何《なに》かわかったの？」

「次《つぎ》は、丘《おか》の上公園《うえこうえん》に行《い》こウ。ある実験《じっけん》をしてみたいんダ」

「実験《じっけん》？」

浩太《こうた》はディティを見《み》つめた。

「何《なん》の実験《じっけん》をするの？」

「それは行《い》ってからのお楽《たの》しみだヨ。実験《じっけん》には少《すこ》し時間《じかん》が必要《ひつよう》だから、昼休《ひるやす》みに行《い》こウ」

ディティは何《なん》でも自分《じぶん》で決《き》めてしまう。浩太《こうた》はそんなディティに少《すこ》しうんざりしながらも、どういう実験《じっけん》をするのか興味《きょうみ》がわいた。

昼休《ひるやす》み。浩太《こうた》は言《い》われたとおりに、丘《おか》の上公園《うえこうえん》にやってきた。

「相原《あいはら》、何《なに》をするんだい？」

浩太《こうた》の後《うし》ろには風間先生《かざませんせい》もいる。昼休《ひるやす》みにひとりで学校《がっこう》の外《そと》に出《で》るのはマズいと思《おも》い、先生《せんせい》についてきてもらったのだ。

「今《いま》からある実験《じっけん》をしようと思《おも》っているんです」

「何《なん》の実験《じっけん》だい？」

「それは、ええっと……」

浩太《こうた》は風間先生《かざませんせい》に背《せ》をむけて、スマホの画面《がめん》を見《み》ると、実験方法《じっけんほうほう》が説明《せつめい》されていた。

「ええええ？」

浩太《こうた》はそれを読《よ》み、顔《かお》をしかめる。

すると画面《がめん》に、ディティがあらわれ、『さあ、早《はや》くやってみるんダ』とせっつく。

「わ、わかったよ……」

「何《なに》がわかったんだい？」

浩太《こうた》は風間《かざま》先生《せんせい》のほうを見《み》た。

「**あの、今《いま》から校庭《こうてい》のまんなかまで走《はし》りたいと思《おも》います**」

浩太《こうた》はそれが何《なに》を意味《いみ》するのかわからないまま、ディティに指示《しじ》されたとおり言《い》った。

ディティがいう実験《じっけん》とは、昨日《きのう》と同《おな》じように公園《こうえん》から校庭《こうてい》まで走《はし》ることだった。

「相原《あいはら》、走《はし》るって一体何《いったいなん》のために？」

「それは、僕《ぼく》にもよくわかりません」

スマホの画面《がめん》には『GOGOGO《ゴーゴーゴー》！』と表示《ひょうじ》され、ディティが笑顔《えがお》で見《み》ている。

多分《たぶん》、理由《りゆう》を聞《き》いても今《いま》は教《おし》えてくれないだろう。

「**ああも～、走《はし》ればいいんでしょ！**」

浩太《こうた》はスマホをポケットにしまうと、駆《か》けだした。

「お、おい！」

風間先生《かざませんせい》もあわてて走《はし》りだす。

「相原《あいはら》、先生《せんせい》は走《はし》るのが苦手《にがて》で」

「僕《ぼく》だって同《おな》じですよ！」

「じゃあどうして走《はし》るんだ？」

「だから僕《ぼく》にもぜんぜんわからないんですってば！」

浩太《こうた》は文句《もんく》を言《い》いながら、丘《おか》の上公園《うえこうえん》を出《で》ると、そのまま学校《がっこう》の校門《こうもん》をくぐり、校庭《こうてい》のまんなかまでやってきた。

「な、なあ、これは先生《せんせい》にたいする嫌《いや》がらせか？」

風間先生《かざませんせい》が肩《かた》で息《いき》をしながらうらめしそうに浩太《こうた》を見《み》る。

「それは、ええっと……」

浩太《こうた》はこっそりポケットの中《なか》からスマホを取《と》りだした。

「ディティ、これで何《なに》がわかるっていうの？」

「わかったのはこれだヨ」

スマホの画面《がめん》が数字《すうじ》に変《か》わった。

2分《ふん》05秒《びょう》——。

「何《なに》これ？」

「公園《こうえん》から校庭《こうてい》まで走《はし》ったときにかかった時間《じかん》ダ」

画面《がめん》が戻《もど》り、ディティは浩太《こうた》のほうを見《み》た。

「今度《こんど》は、校庭《こうてい》のまんなかから、中庭《なかにわ》まで歩《ある》いて時間《じかん》を計《はか》るんダ」

「どうして？」

「いいからラ。それですべてのトリックが解《と》けるはずダ」

「えっ、ほんとに？？」

「あとは君《きみ》の出番《でばん》だヨ。謎《なぞ》を解《と》き明《あ》かすというのは、みんなに公表《こうひょう》してはじめて価値《かち》があるものだからネ。当然《とうぜん》、僕《ぼく》の代《か》わりにみんなに公表《こうひょう》してくれるだロ？」

なぜ僕《ぼく》が？　と浩太《こうた》は言《い》いそうになったが、すぐに口《くち》を閉《と》じた。

何《なに》を言《い》っても無駄《むだ》だ。

ディティは自分《じぶん》の存在《そんざい》は誰《だれ》にも気《き》づかれたくないくせに、推理《すいり》だけは披露《ひろう》したがる。

「僕《ぼく》は……」

正直《しょうじき》、戸惑《とまど》う。

しかし、怪事件《かいじけん》をこのままほおっておくことはできなかった。

何《なに》より、どんなトリックなのか興味《きょうみ》があった。

「わかったよ。協力《きょうりょく》する――」

浩太《こうた》はディティにそう言《い》った。

ブルーローズは、一体《いったい》どうやって、銅像《どうぞう》を動《うご》かしたのだろうか？

◆銅像《どうぞう》は走《はし》ったのか？

「浩太《こうた》さん、今《いま》から何《なに》をするんですの？」

放課後《ほうかご》。浩太《こうた》は校庭《こうてい》のまんなかに、紗希《さき》と優希《ゆき》と智彦《ともひこ》を呼《よ》んだ。

「もしかして、昨日《きのう》の怪事件《かいじけん》のことで、何《なに》かヒントを見《み》つけたのかい？」

智彦《ともひこ》は新聞部《しんぶんぶ》らしく、手帳《てちょう》を開《ひら》きながら浩太《こうた》にそう言《い》った。

すると、数人《すうにん》の大人《おとな》が校庭《こうてい》にやってきた。

間宮刑事《まみやけいじ》だ。後《うし》ろには新田刑事《にったけいじ》たち部下《ぶか》もいる。

「お父《とう》さん、どうしたの？」

「いやなに、風間先生《かざませんせい》から学校《がっこう》にきてくださいと電話《でんわ》をもらってな。何《なん》でも、相原《あいはら》くんが怪事件《かいじけん》のトリックを解《と》いたというんだ」

「トリックを解《と》いた？」

智彦《ともひこ》たちはいっせいに浩太《こうた》を見《み》た。

「浩太《こうた》くん、どういうことよ？　いつ謎《なぞ》なんか解《と》いたのよ？」

優希《ゆき》が目《め》をぱちくりさせながらたずねる。

浩太《こうた》は「昼休《ひるやす》みだよ」と答《こた》えた。

「昼休《ひるやす》みに実験《じっけん》をしてみて、すべてがわかったんだ」

トリックを解《と》いたのはディティだ。

しかし、それを聞《き》いた浩太《こうた》も、その推理《すいり》でまちがいないと思《おも》っていた。

浩太《こうた》は真剣《しんけん》な顔《かお》つきになると、一同《いちどう》を見《み》まわして、口《くち》を開《ひら》いた。

「銅像《どうぞう》は、最初《さいしょ》から一歩《いっぽ》も台《だい》の上《うえ》から動《うご》いていなかったんだ！」

「動《うご》いていなかった？　どういうことだね？　相原《あいはら》くん、君《きみ》も公園《こうえん》から見《み》ただろう。銅像《どうぞう》は校庭《こうてい》のまんなかに立《た》っていたじゃないか」

「お父《とう》さんの言《い》うとおりだよ。動《うご》いた足跡《あしあと》だってそこに残《のこ》ってるよね？」

智彦《ともひこ》は地面《じめん》に残《のこ》る足跡《あしあと》を指《ゆび》さす。

「そう、僕《ぼく》たちはこの足跡《あしあと》のせいで、銅像《どうぞう》がほんとに動《うご》いたのだと思《おも》ってた。それこそが、**ブルーローズが仕掛《しか》けたワナだったんだ！**」

「ワナ？」

みなは首《くび》をかしげる。浩太《こうた》は話《はなし》を続《つづ》けた。

「僕《ぼく》、昼休《ひるやす》みに実験《じっけん》をしてみたんだ。公園《こうえん》から校庭《こうてい》に走《はし》ると何分《なんぷん》かかるんだろうって。計《はか》ってみたら、校庭《こうてい》に着《つ》くまでに、**約《やく》2分《ふん》かかったよ**」

「それがどうしたというんだね？」

「**つまり、銅像《どうぞう》はその2分間《ふんかん》で、校庭《こうてい》から中庭《なかにわ》の台《だい》までもどったってことなんです。だけ**

ど、残《のこ》っている足跡《あしあと》を見《み》るかぎり、銅《どう》像《ぞう》は、２分《ふん》で中庭《なかにわ》までもどることはできないんです」

それを聞《き》き、誰《だれ》もが黙《だま》りこんでしまった。

浩太《こうた》は、足跡《あしあと》をじっと見《み》つめた。

「おそらく、ブルーローズはその２分《ふん》間《かん》という時間《じかん》が、頭《あたま》に入《はい》っていなかった。だから、こんな大《おお》きなミスをしてしまったんです！」

「ブルーローズは何《なに》をミスしたっていうの？」

優希《ゆき》は浩太《こうた》にたずねる。

ほかのみんなもそれが何《なん》なのかまったくわからず困惑《こんわく》していた。

浩太《こうた》は足跡《あしあと》を見《み》ながら、「これだよ」と言《い》った。

「昼休《ひるやす》み、僕《ぼく》はもう1つ実験《じっけん》をしたんだ。それは、『**校庭《こうてい》から中庭《なかにわ》まで歩《ある》いてもどったら、何分《なんぷん》かかるのか**』ってものだよ。やってみたら、約《やく》4分《ぷん》かかったんだ」

「4分《ふん》だって!?」

間宮刑事《まみやけいじ》が大《おお》きな声《こえ》をあげた。

「4分《ふん》もかかったのなら、昨日《きのう》の夜《よる》、校庭《こうてい》に駆《か》けこんできたとき、我々《われわれ》は歩《ある》いている銅像《どうぞう》を見《み》つけることができたはずだ！」

すると、智彦《ともひこ》が「ちょっと待《ま》って」と口《くち》をはさんだ。

「4分《ふん》というのは、歩《ある》いてかかった時間《じかん》だよね？　もしかすると、銅像《どうぞう》は走《はし》ったのかもしれないよ？　それなら2分以内《ふんいない》に中庭《なかにわ》にもどれるんじゃないの？」

優希《ゆき》と紗希《さき》がその意見《いけん》にうなずく。

しかし、浩太《こうた》は「走《はし》ったということは絶対《ぜったい》にないよ」と答《こた》えた。

「銅像《どうぞう》は、歩《ある》いてもどった。足跡《あしあと》がそれを証明《しょうめい》しているんだ」

浩太《こうた》は足跡《あしあと》の前《まえ》にしゃがみこむと、手《て》を広《ひろ》げて、1つ目《め》の足跡《あしあと》と2つ目《め》の足跡《あしあと》の間《あいだ》の長《なが》さを計《はか》った。

「**歩幅《ほはば》というのは、歩《ある》いたときと走《はし》ったときでは、幅《はば》の広《ひろ》さが違《ちが》ってくるんだ。走《はし》ったときは広《ひろ》くなる。歩《ある》いたときは狭《せま》くなる**」

「あっ!」と、新田刑事《にったけいじ》が声《こえ》をあげた。

「間宮《まみや》さん、俺《おれ》わかったっす!」

「ああ、俺《おれ》も4分《ふん》と聞《き》いてわかった」

間宮刑事《まみやけいじ》は足跡《あしあと》をにらんだ。

「この足跡《あしあと》は、すべて狭《せま》い。つまり、これは歩《ある》いたときに残《のこ》る足跡《あしあと》だ」

その言葉《ことば》に、浩太《こうた》はうなずいた。

「銅像《どうぞう》は**150センチ**ぐらいの大《おお》きさがありま

す。歩《ある》くときの歩幅《ほはば》は**早歩《はやある》きの場合、身長《しんちょう》の約半分《やくはんぶん》**といわれているから、**1歩《ぽ》がだいたい75センチ**になります」

地面《じめん》に残《のこ》っている足跡《あしあと》は、まさにそれぐらいの幅《はば》があった。

「それに比《くら》べて、走《はし》るときは、1歩《ぽ》が歩《ある》くときより広《ひろ》くなります。全《ぜん》力《りょく》で走《はし》ると、倍《ばい》ぐらい違《ちが》うこともあるそうですよ」

「つまり、君《きみ》が言《い》った銅像《どうぞう》が歩《ある》いてもどった証明《しょうめい》というのは、この歩幅《ほはば》のことなんだね？」

「はい。ブルーローズはそのことを考《かんが》えていなかった。これは大《おお》きなミスです。そしてこのミスによって、僕《ぼく》は銅像《どうぞう》が最初《さいしょ》から最後《さいご》まで、台《だい》の上《うえ》からまったく動《うご》いていなかったことがわかったんです！」

「浩太《こうた》くん、どういうことだよ？」

智彦《ともひこ》が口《くち》をはさんだ。

「僕《ぼく》たちは公園《こうえん》にいたとき、校庭《こうてい》に立《た》ってる銅像《どうぞう》を見《み》たんだよ」

「そうですわ。銅像《どうぞう》は中庭《なかにわ》から校庭《こうてい》まで運《はこ》ばれたんでしょう？」

「それも、トリックで説明《せつめい》できるよ」

浩太《こうた》は立《た》ちあがると校庭《こうてい》を見《み》た。

「たしかに、僕《ぼく》たちは公園《こうえん》から銅像《どうぞう》を見《み》た。だけど、**ほんとにあれは本物《ほんもの》の銅像《どうぞう》だったのかな？**」

「どういうことですの？」

「公園《こうえん》から校庭《こうてい》までは距離《きょり》がある。あのとき、校庭《こうてい》に立《た》っていた銅像《どうぞう》が本物《ほんもの》か偽物《にせもの》かは見《み》分《わ》けがつかなかったと思《おも》うんだ」

「そう言《い》われれば、たしかにそうですわねえ……」

「たぶん、あの銅像《どうぞう》は**発泡《はっぽう》スチロール**とかで作《つく》った軽《かる》いものだと思《おも》う。僕《ぼく》たちが公《こう》園《えん》から校庭《こうてい》に移動《いどう》している間《あいだ》に、物陰《ものかげ》に隠《かく》れていたブルーローズが出《で》てきて、偽物《にせもの》の銅像《どうぞう》を運《はこ》んだんだ。そして、それを知《し》らない僕《ぼく》たちは、足跡《あしあと》を見《み》て、銅像《どうぞう》が動《うご》いたんだと思《おも》ってしまった」

「そんな……」

みなは戸惑《とまど》いながらも、浩太《こうた》の言《い》うとおりかもしれないと思《おも》った。

「だけど、おかしいわ」

優希《ゆき》が口《くち》を開《ひら》いた。

「いくら発泡《はっぽう》スチロールだったとしても、**あのとき学校《がっこう》から偽物《にせもの》をもって出《で》られたとは思《おも》えないんだけど**」

軽《かる》いとはいえ、銅像《どうぞう》のような大《おお》きな物体《ぶったい》をもって外《そと》を歩《ある》いていたら、すぐに怪《あや》しまれるだろう。

「たしかに！　そんな怪《あや》しい人間《にんげん》の目撃情報《もくげきじょうほう》、なかったすもんね！」

新田刑事《にったけいじ》が間宮刑事《まみやけいじ》のほうを見《み》る。

「ああ。学校《がっこう》のまわりは、我々警察《われわれけいさつ》がちゃんと聞《き》きこみをしたからな」

「じゃあ、偽物《にせもの》の銅像《どうぞう》はどこにあるの？」

優希《ゆき》がそう言《い》うと、浩太《こうた》は「それはたぶん――」と口《くち》を開《ひら》いた。

ディティは、それもちゃんとわかっていた。そしてそのことを浩太《こうた》に伝《つた》えていた。

「偽物《にせもの》の銅像《どうぞう》は、まだこの学校《がっこう》のどこかにあります！」

偽物《にせもの》の銅像《どうぞう》を運《はこ》ぶのは、見《み》つかりやすくて危険《きけん》だ。

それならば、ブルーローズは、偽物《にせもの》の銅像《どうぞう》を学校《がっこう》のどこかに隠《かく》し、ほとぼりが冷《さ》めた頃《ころ》、それを回収《かいしゅう》しようと考《かんが》えたはずなのだ。

「新田《にった》、探《さが》すぞ！」

「はいっす！」

間宮刑事《まみやけいじ》たちはあわてて駆《か》けだす。

やがて、校庭《こうてい》の隅《すみ》を探《さが》していた新田刑事《にったけいじ》が大《おお》きな声《こえ》をあげた。

「間宮《まみや》さん！　きてくださいっす！　あったっす！　銅像《どうぞう》が、偽物《にせもの》の銅像《どうぞう》があったっす!!」

浩太《こうた》たちは、新田刑事《にったけいじ》のもとへ走《はし》った。

「新田《にった》、ほんとにあったのか!?」

「はい！　ここっす！」

新田刑事《にったけいじ》の目《め》の前《まえ》には、用具倉庫《ようぐそうこ》があった。

間宮刑事《まみやけいじ》が中《なか》に入《はい》る。浩太《こうた》たちもその後《あと》に続《つづ》いた。

「ああ！」

跳《と》び箱《ばこ》の後《うし》ろに、青《あお》いビニールシートに包《つつ》まれた大《おお》きな物体《ぶったい》がある。

シートがめくれ、茶色《ちゃいろ》い足《あし》が見《み》えている。間宮刑事《まみやけいじ》はそのシートをめくった。

すると、銅像《どうぞう》が姿《すがた》をあらわした。

「こんなところに隠《かく》していたとは」

間宮刑事《まみやけいじ》は指紋《しもん》がつかないように手袋《てぶくろ》をすると、銅像《どうぞう》を軽《かる》くたたく。

コンコンと発泡《はっぽう》スチロールの軽《かる》い音《おと》が響《ひび》いた。

そのとき、浩太《こうた》のポケットの中《なか》のスマホが震《ふる》えた。

画面《がめん》を見《み》ると、ディティの横《よこ》に『**さあ、教《おし》えたとおりの決《き》めゼリフを言《い》うんダ**』とふきだしがあった。

「あれ、ほんとに言《い》わなきゃだめなの？」

浩太《こうた》は困惑《こんわく》しながらたずねると、
『探偵《たんてい》というのは、謎《なぞ》を解《と》き明《あ》かしたあと、決《き》めゼリフを言《い》うものだからネ』
と別《べつ》のふきだしがらわれた。
「う、う〜ん……」
ここでディティにさからってもしかたがない。
浩太《こうた》は決《き》めゼリフを言《い》うことにした。
浩太《こうた》はみなを見《み》る。
そしてわざとあきれ顔《がお》になり、軽《かる》く息《いき》をはいた。

「ふ〜、この謎《なぞ》は、名探偵《めいたんてい》である僕《ぼく》には簡単《かんたん》すぎたね！」

ビシッ!?

その言葉《ことば》を聞《き》き、みんなはキョトンとする。
だが、たしかに浩太《こうた》がブルーローズの仕掛《しか》けた

トリックを解《と》き明《あ》かしたのだけは事実《じじつ》だった。

「浩太《こうた》さん、すごいですわ！」

「うん、私《わたし》もびっくり！」

紗希《さき》たちにほめられ、浩太《こうた》は妙《みょう》にはずかしい。しかし同時《どうじ》に、何《なん》だかうれしかった。

◆2人《ふたり》で1人《ひとり》の名探偵《めいたんてい》

翌日《よくじつ》。学校《がっこう》では、はやくも昨日《きのう》の出来事《できごと》が知《し》れわたっていた。

「6年《ねん》2組《くみ》の相原浩太《あいはらこうた》くんが、あっという間《ま》に謎《なぞ》を解《と》いたんだって」

「西園寺紗希《さいおんじさき》さんがなくしたヘアピンもすぐに見《み》つけだしたのよね？」

「浩太《こうた》くんって名探偵《めいたんてい》だよね！」

浩太《こうた》はその様子《ようす》を廊下《ろうか》の柱《はしら》の影《かげ》から見《み》ていた。

「何《なん》だかすごいことになってるんだけど……」

朝《あさ》から学校《がっこう》で誰《だれ》かと会《あ》うたびに、「名探偵《めいたんてい》」と声《こえ》をかけられる。

しかし、浩太《こうた》は推理力《すいりりょく》などまったくなかったのだ。

「これからどうしたらいいんだよ」

「何《なに》も困《こま》ることなどないヨ」

ふと、浩太《こうた》のポケットの中《なか》から声《こえ》がした。ディティだ。

浩太《こうた》はスマホを取《と》りだすと、顔《かお》をしかめて彼《かれ》を見《み》た。

「あのねえ、みんなが僕《ぼく》のことを名探偵《めいたんてい》だと思《おも》ってるんだよ」

「実際《じっさい》、ブルーローズの謎《なぞ》を解《と》いたんだから、そう思《おも》うだろうネ。それにしても、君《きみ》の演《えん》技力《ぎりょく》はなかなかのものだったヨ」

どうやら、ディティはこの状況《じょうきょう》を楽《たの》しんでいるようだ。

「まあ、とにかく、ボクは君以外《きみいがい》の人間《にんげん》には存在《そんざい》を知《し》られたくなイ。だから、君《きみ》は、ボクは名探偵《めいたんてい》でス！　と胸《むね》をはって生活《せいかつ》をすればいいんダ」

「胸《むね》をはってって、あのねえ」

ディティには何《なに》を言《い》ってもむだなようだ。

浩太《こうた》はため息《いき》をもらした。

「大丈夫《だいじょうぶ》だヨ、これかも、ボクがサポートをしてあげるからラ」

ディティが優《やさ》しくほほえみながら言《い》う。

「サポートって、僕《ぼく》はべつに探偵《たんてい》なんかになりたくないよ」

「君《きみ》がそう思《おも》っていても、これからも事件《じけん》がとびこんでくると思《おも》うヨ」

「どういうこと？」

浩太《こうた》がたずねると、ディティは「さア」ととぼけた。

「そんなことより、せっかくだから探偵《たんてい》ネームを決《き》めたほうがいいネ」

「何《なに》それ？」

「君《きみ》が表《おもて》に立《た》ち、ボクが裏《うら》でサポートをすル。つまり、2人《ふたり》で1人《ひとり》ってことだロ。そうだ、ボクの『AI《エーアイ》』と君《きみ》の苗字《みょうじ》の『相原《あいはら》』をかけた、『名探偵《めいたんてい》AI《アイ》・HARA《ハラ》』という名《な》前《まえ》はどうかナ？」

スマホの画面《がめん》に『名探偵《めいたんてい》A《ア》I《イ》・HARA《ハラ》』と表示《ひょうじ》された。

「A《エー》I《アイ》と相原《あいはら》がくっついてる……」

「なかなかいい名前《なまえ》だロ？」

「う、うん、ちょっとかっこいいかも。って、そんな名前《なまえ》をつけても、使《つか》うことないと思《おも》うよ！」

「それはどうかナ。……たぶん、すぐに使《つか》うことになると思《おも》うけどネ」

「えっ？」

浩太《こうた》はディティの言《い》っている意味《いみ》がわからなかったが、何《なん》だか、妙《みょう》に胸騒《むなさわ》ぎがした——。

その頃《ころ》。とあるビルの屋上《おくじょう》にひとりの男《おとこ》が立《た》っていた。

「——まさか、僕《ぼく》の謎《なぞ》が解《と》かれてしまうとはね」

男《おとこ》は、ベネチアンマスクをしている。

謎仮面《なぞかめん》・ブルーローズだ。

「相原浩太《あいはらこうた》か。これは面白《おもしろ》くなってきた。

ふっふっふっふっふ」

ブルーローズは町《まち》を一望《いちぼう》しながら、

不敵《ふてき》な笑《え》みを浮《う》かべるのだった。

第《だい》2話《わ》
狙《ねら》われた誕生日《たんじょうび》パーティー

◆ブルーローズからの手紙《てがみ》

「ヘエ〜、人間《にんげん》は、こういうところで買《か》い物《もの》をするんだねェ」

日曜日《にちようび》。浩太《こうた》は駅前《えきまえ》のショッピングモールにやってきた。

もうすぐ紗希《さき》と優希《ゆき》の誕生日《たんじょうび》なので、プレゼントを買《か》おうと思《おも》ったのだ。

浩太《こうた》の手《て》には真《ま》っ白《しろ》なスマホがある。その画面《がめん》には、スマホと同《おな》じように真《ま》っ白《しろ》な髪《かみ》をしたイケメンの男《おとこ》の子《こ》が映《うつ》っていた。ディティだ。

彼《かれ》はこのスマホの中《なか》にだけ存在《そんざい》するスーパーＡＩ《エーアイ》で、ＩＱ《アイキュー》５００の名探偵《めいたんてい》でもある。

浩太《こうた》はひょんなことから彼《かれ》と出会《であ》い、２人《ふたり》で１人《ひとり》の『名探偵《めいたんてい》ＡＩ《アイ》・ＨＡＲＡ《ハラ》』を名乗《なの》る

ことになった。

「ディティはショッピングモールにきたことないの？」

「ないネ。もちろん、知識《ちしき》としては知《し》っているけどネ」

ディティは公園《こうえん》のゴミ箱《ばこ》に捨《す》てられていた。しかしなぜ捨《す》てられていたのか、どうして
このスマホの中《なか》にだけ存在《そんざい》しているのか何《なに》も教《おし》えてくれない。

ディティと出会《であ》ってもうすぐ2週間《しゅうかん》。謎《なぞ》だけがふえていく。


「やあ、名探偵《めいたんてい》AI《アイ》・HARA《ハラ》くん」

突然《とつぜん》、ひとりの男《おとこ》の子《こ》が浩太《こうた》に声《こえ》をかけてきた。
「大《おお》きな声《こえ》でその名前《なまえ》を言《い》うのはやめてよ、智彦《ともひこ》くん」
となりのクラスの智彦《ともひこ》だ。
浩太《こうた》は名探偵《めいたんてい》AI《アイ》・HARA《ハラ》という名前《なまえ》を決《き》めた後《あと》、紗希《さき》と優希《ゆき》と智彦《ともひこ》だけにそのこと
を伝《つた》えた。
すると、新聞部《しんぶんぶ》の部長《ぶちょう》である智彦《ともひこ》が、学校新聞《がっこうしんぶん》で発表《はっぴょう》してしまった。おかげで名探偵《めいたんてい》A
I《アイ》・HARA《ハラ》という名前《なまえ》は、学校《がっこう》だけではなく、町中《まちじゅう》に広《ひろ》まってしまった。

「有名《ゆうめい》になるのはいいことだよ。だって、あのブルーローズのトリックを解《と》き明《あ》かした名《めい》探偵《たんてい》なんだから」

「だけど……」

なんだかはずかしい。

「ところで、智彦《ともひこ》くんも買《か》い物《もの》？」

浩太《こうた》は話題《わだい》を変《か》えようとした。

すると、智彦《ともひこ》はなぜか急《きゅう》に暗《くら》い表情《ひょうじょう》になった。

「どうしたの？」

「えっ、あ、ちょっとね……」

智彦《ともひこ》が、無理《むり》にほほえんでいるのがわかった。

「――実《じつ》はね、ほんとは今日《きょう》、お父《とう》さんと遊園地《ゆうえんち》に行《い》く予定《よてい》だったんだ。だけど、お父《とう》さん、急《きゅう》に仕事《しごと》が入《はい》っちゃって……」

智彦《ともひこ》の父《ちち》は刑事《けいじ》だ。事件《じけん》が起《お》きると、休《やす》みもなくな

ってしまうのだろう。

「まあ、いつものことなんだけどね」

智彦《ともひこ》はさびしそうに笑《わら》う。

浩太《こうた》はそんな智彦《ともひこ》を見《み》て、元気《げんき》づけてあげたいと思《おも》った。

「僕《ぼく》は智彦《ともひこ》くんのお父《とう》さんのこと、すごくいいなあって思《おも》うよ」

浩太《こうた》は、智彦《ともひこ》を元気《げんき》づけたい一心《いっしん》でそう言《い》った。

「だって、丘《おか》の上公園《うえこうえん》で会《あ》ったとき、りりしくて、頼《たよ》りがいがあって、かっこよかったもん。僕《ぼく》のお父《とう》さんとは大《おお》ちがいだよ」

「そうなの？」

「そうだよ。僕《ぼく》のお父《とう》さんなんか、休《やす》みの日《ひ》いつもソファーにねころがってテレビばかり見《み》てるんだから」

浩太《こうた》は笑《わら》う。智彦《ともひこ》もつられて笑《わら》った。

「よかった。笑《わら》ってくれて」

「浩太《こうた》くん、ありがとう。君《きみ》はやっぱり優《やさ》しいね」

普段《ふだん》あまりほめられ慣《な》れていないので何《なん》だかむずがゆい。

だが、智彦《ともひこ》が少《すこ》しだけ元気《げんき》になってくれて、浩太《こうた》は素直《すなお》にうれしかった。

やがて、智彦《ともひこ》と別《わか》れ、浩太《こうた》は紗希《さき》たちの誕生日《たんじょうび》プレゼントを買《か》って帰《かえ》ることにした。

「警察《けいさつ》の仕事《しごと》って大変《たいへん》なんだね」

ショッピングモールを歩《ある》きながら、浩太《こうた》はディティに言《い》う。

「まア、どんな仕事《しごと》でも楽《らく》なものはないからネ。君《きみ》のお父《とう》さんも、毎日《まいにち》がんばってると思《おも》うヨ」

「そうは見《み》えないけど」

「君《きみ》が知《し》らないだけダ。君《きみ》のお父《とう》さんが休《やす》みの日《ひ》ソファーでねころがっているのは、毎日《まいにち》家族《かぞく》のためにがんばって仕事《しごと》をして、疲《つか》れているからだヨ」

「僕《ぼく》たちのために？」

浩太《こうた》は、父親《ちちおや》が毎日《まいにち》おそくまで仕事《しごと》をしていることを思《おも》いだした。

「そっか。そうだよね……」

そのとき、浩太《こうた》はそばにあったドラックストアのワゴンが目《め》にとまった。

入浴剤《にゅうよくざい》がセールになっている。

「そうだ。お父《とう》さんに入浴剤《にゅうよくざい》をプレゼントしたら喜《よろこ》んでくれるかな？」

「あア。疲《つか》れがとれるからネ」

浩太《こうた》はそれを聞《き》き、入浴剤《にゅうよくざい》を購入《こうにゅう》することにした。


翌日《よくじつ》。浩太《こうた》は登校《とうこう》しながら、笑顔《えがお》になっていた。

昨日《きのう》、父親《ちちおや》に入浴剤《にゅうよくざい》をプレゼントしたら、大喜《おおよろこ》びしてくれたのだ。

「プレゼントしてよかった」

浩太《こうた》はそう言《い》いながら、上機嫌《じょうきげん》で教室《きょうしつ》にやってきた。

すると、教室《きょうしつ》のまんなかで、なぜかみんなが集《あつ》まっていた。

「どうしたの？」

浩太《こうた》が声《こえ》をかけると、紗希《さき》と優希《ゆき》が同時《どうじ》に顔《かお》をむけた。

「浩太《こうた》さん、大変《たいへん》なんですの！」

「また、ブルーローズから手紙《てがみ》がきて！　しかも今度《こんど》のターゲットは私《わたし》たちなの！」

「えええ!?」

浩太《こうた》の顔《かお》から一瞬《いっしゅん》で笑《え》みが消《き》えた。

手紙《てがみ》は、前回《ぜんかい》の智彦《ともひこ》のときと同《おな》じように、紗希《さき》の下駄箱《げたばこ》に入《はい》っていたという。

「これですわ」

紗希《さき》は浩太《こうた》に手紙《てがみ》を見《み》せた。

『名探偵《めいたんてい》ＡＩ《アイ》・ＨＡＲＡ《ハラ》くん。前回《ぜんかい》はみごと私《わたし》のトリックを見破《みやぶ》ったね。君《きみ》は私《わたし》のライバルにふさわしい。私《わたし》は君《きみ》に挑戦《ちょうせん》することにしたよ』

「挑戦《ちょうせん》？」

浩太《こうた》は戸惑《とまど》う。手紙《てがみ》には続《つづ》きがあり、あわてて読《よ》んだ。

『今週《こんしゅう》、西園寺《さいおんじ》紗希《さき》さんと優希《ゆき》さんの誕生日《たんじょうび》パーティーが行《おこな》われるだろう？ そこで彼女《かのじょ》たちの父親《ちちおや》が、誕生日《たんじょうび》プレゼントとして、黄金《おうごん》の双子《ふたご》のフィギュアを披露《ひろう》することになっている。

私《わたし》はそのフィギュアを、パーティーの最中《さいちゅう》に盗《ぬす》むことにした。

名探偵《めいたんてい》A《ア》I《イ》・H《ハ》A《ア》R《ラ》Aくん、君《きみ》はそれを阻止《そし》できるかな？

謎仮面《なぞかめん》・ブルーローズ』

手紙《てがみ》にはそう書《か》かれていた。

ほんとうに彼女《かのじょ》たちはブルーローズのターゲットになってしまったようだ。

「これって……」

(僕《ぼく》のせい、だよね……)

浩太《こうた》はブルーローズに目《め》をつけられてしまった。

そのせいで紗希《さき》たちの誕生日《たんじょうび》パーティーが狙《ねら》われたのだ。

黄金《おうごん》の双子《ふたご》のフィギュアとは、この町《まち》いちばんの金持《かねも》ちである彼女《かのじょ》たちの父親《ちちおや》が作《つく》った特注《とくちゅう》の金箔《きんぱく》のフィギュアで、父親《ちちおや》は大々的《だいだいてき》に発表《はっぴょう》し、町中《まちじゅう》の人《ひと》が知《し》っていた。

「浩太《こうた》さん、お願《ねが》いですわ！　私《わたし》たちを助《たす》けて！」

「黄金《おうごん》のフィギュアはどうでもいいけど、誕生日《たんじょうび》パーティーにブルーローズがくるなんて嫌《いや》だもん！」

紗希《さき》と優希《ゆき》の目《め》には涙《なみだ》があふれていた。おびえているのだ。

「だけど……」

２人《ふたり》のことは心配《しんぱい》だった。しかしそれ以上《いじょう》にブルーローズから挑戦《ちょうせん》をうけたことがおそろしかった。

「僕《ぼく》は……、僕《ぼく》は……」

浩太《こうた》は、それ以上何《いじょうなに》も言《い》えなくなってしまった。

放課後《ほうかご》。浩太《こうた》は公園《こうえん》のベンチにひとり座《すわ》り、ずっと悩《なや》んでいた。

「どうして僕《ぼく》なんだよ……。僕《ぼく》はただの小学生《しょうがくせい》だよ」

ブルーローズの挑戦《ちょうせん》をうけるなど絶対《ぜったい》にありえない。

するとそのとき、横《よこ》に置《お》いていたスマホからディティの声《こえ》が聞《き》こえた。

「浩太《こうた》くん、君《きみ》はほんとにそれでいいのかイ？　ボクは君《きみ》に協力《きょうりょく》したいと思《おも》っていル。だけど、君《きみ》が行動《こうどう》しなければ、ボクは何《なん》の力《ちから》にもなれないヨ」
ディティはそう言《い》うと、スマホの中《なか》から、真剣《しんけん》なまなざしで浩太《こうた》を見《み》つめた。

浩太《こうた》はディティの言葉《ことば》を聞《き》きうつむくと、不安気《ふあんげ》な表情《ひょうじょう》をうかべた。

「それはわかってる……。わかってるんだけど。だけど、やっぱり僕《ぼく》には無理《むり》だよ……」

推理力《すいりりょく》がないだけでない。浩太《こうた》には勇気《ゆうき》もなかった。

「それなのに……」

浩太《こうた》はディティのほうを見《み》た。ディティは相変《あいか》わらず自信《じしん》に満《み》ちた表情《ひょうじょう》をしている。

彼《かれ》にはすごい推理力《すいりりょく》がある。そして、どんなことにも立《た》ちむかう勇気《ゆうき》もあった。

それに比《くら》べて僕《ぼく》には——。

何《なに》もない、と浩太《こうた》が言《い》おうとした瞬間《しゅんかん》、ディティが口《くち》を開《ひら》いた。

「もう1度《ど》言《い》うヨ。君《きみ》はほんとにそれでいいのかイ？　彼女《かのじょ》たちを助《たす》けることができるのは、君《きみ》しかいないんダ」

「僕《ぼく》しか、いない……」

浩太《こうた》は、助《たす》けを求《もと》めてきた紗希《さき》と優希《ゆき》の顔《かお》を思《おも》いだした。

2人《ふたり》はおびえていた。当然《とうぜん》だ。誕生日《たんじょうび》プレゼントをブルーローズに狙《ねら》われてしまったのだ。

2人《ふたり》に悲《かな》しい思《おも》いなどさせたくない。そんな姿《すがた》、絶対《ぜったい》に見《み》たくない。

「僕《ぼく》……僕《ぼく》……」

浩太《こうた》の目《め》に力《ちから》がみなぎる。全身《ぜんしん》に力《ちから》が入《はい》る。

以前《いぜん》の浩太《こうた》なら逃《に》げだしていただろう。しかし、今《いま》はちがう。

「僕《ぼく》、がんばってみるよ！」

浩太《こうた》はスマホを手《て》に取《と》った。ひとりでは無理《むり》でも、浩太《こうた》には心強《こころづよ》い相棒《あいぼう》がいるのだ。

「ディティ、協力《きょうりょく》して！」

「もちろン。ボクたちは2人《ふたり》で1人《ひとり》。名探偵《めいたんてい》AI《アイ》・HARA《ハラ》だからネ」

「ありがとう、ディティ」

「まだお礼《れい》を言《い》うのは早《はや》いヨ。お礼《れい》はブルーローズの予告《よこく》を阻止《そし》してからダ。まあ、人間《にんげん》が、このスーパーAI《エーアイ》であるボクにかなうわけないけどネ」

ディティはそう言《い》ってほほえむ。浩太《こうた》もそれを見《み》てほほえんだ。

「ブルーローズの好《す》きにはさせない！」

浩太《こうた》はスマホをにぎりしめると、ベンチから勢《いきお》いよく立《た》ちあがった。

◆怪《あや》しい招待客《しょうたいきゃく》

週末《しゅうまつ》。紗希《さき》と優希《ゆき》の誕生日《たんじょうび》パーティーが彼女《かのじょ》たちの家《いえ》で開《ひら》かれた。

町《まち》いちばんの大《おお》きな屋敷《やしき》だ。パーティーに招待《しょうたい》された人《ひと》たちも100人《にん》は超《こ》えていた。


「うわあ、すごい！」


大広間《おおひろま》にやってきた浩太《こうた》は、部屋《へや》の広《ひろ》さに驚《おどろ》きの声《こえ》をあげた。

大広間《おおひろま》にはテーブルがいくつも置《お》かれ、豪華《ごうか》な料理《りょうり》が並《なら》んでいた。

浩太《こうた》はそれらの料理《りょうり》を見《み》て唖然《あぜん》となる。

そこへ、智彦《ともひこ》がやってきた。

「名探偵《めいたんてい》AI《アイ》・HARA《ハラ》くん、世紀《せいき》の対決期待《たいけつきたい》してるよ！」

智彦《ともひこ》は、新聞部《しんぶんぶ》の部長《ぶちょう》として、ブルーローズとの対決《たいけつ》を楽《たの》しみにしているようだ。

「う、うん、がんばってみるよ」

浩太《こうた》はとりあえずそう答《こた》えた。

「君《きみ》は、べつにがんばらなくていい」

突然《とつぜん》、後《うし》ろから声《こえ》がした。ふりかえると、間宮刑事《まみやけいじ》と新田刑事《にったけいじ》が立《た》っていた。

「相原《あいはら》くん、君《きみ》は最近《さいきん》、名探偵《めいたんてい》A《ア》I《イ》・H《ハ》A《ラ》R《》A《》と名乗《なの》っているそうだね」

「えっ、は、はい」

「この前《まえ》の『動《うご》く銅像事件《どうぞうじけん》』のときも言《い》ったと思《おも》うが、調子《ちょうし》にのると痛《いた》い目《め》にあうぞ」

「間宮《まみや》さんの言《い》うとおり。小学生探偵《しょうがくせいたんてい》なんて聞《き》いたことないからねえ」

前回《ぜんかい》と同様《どうよう》、間宮刑事《まみやけいじ》たちは浩太《こうた》の推理力《すいりりょく》をアテにしていないようだ。

「智彦《ともひこ》、お前《まえ》もスクープを狙《ねら》うなんてばかげたことはやめなさい」

見《み》ると、大広間《おおひろま》には間宮刑事《まみやけいじ》たち以外《いがい》にも警察官《けいさつかん》が何人《なんにん》もいる。

窓《まど》の外《そと》に見《み》える庭《にわ》でも警察官《けいさつかん》が見《み》まわりをしている。

間宮刑事《まみやけいじ》たちは、今度《こんど》こそブルーローズを捕《つか》まえようと思《おも》っているのだろう。

チリンチリン。舞台《ぶたい》に取《と》りつけられていた鈴《すず》が鳴《な》った。

次《つぎ》の瞬間《しゅんかん》、舞台《ぶたい》のそでからきれいなドレスに身《み》を包《つつ》んだ紗希《さき》と優希《ゆき》があらわれた。

「みなさま、私《わたし》の愛《いと》しい愛《いと》しい娘《むすめ》たちのために、本日《ほんじつ》はよくぞお集《あつ》まりくださいました！」

紗希《さき》と優希《ゆき》に続《つづ》いて、タキシードに蝶《ちょう》ネクタイをした太《ふと》った男性《だんせい》が登場《とうじょう》した。

紗希《さき》たちの父親《ちちおや》である。いくつもホテルを経営《けいえい》していて、町《まち》のいたるところに彼《かれ》の顔《かお》が印刷《いんさつ》された広告《こうこく》がはられている。

ある意味《いみ》、この町《まち》では芸能人《げいのうじん》よりも有名《ゆうめい》な人物《じんぶつ》だ。

「みなさま、見《み》てください。2人《ふたり》ともかわいいでしょう！」

父親《ちちおや》は満面《まんめん》の笑《え》みで2人《ふたり》を自慢《じまん》しつづけた。

紗希《さき》たちのことが本当《ほんとう》に大好《だいす》きなのだろう。

やがて、父親《ちちおや》の話《はなし》が終《お》わると、隅《すみ》にひかえていたオーケストラが演奏《えんそう》し、パーティーがはじまった。

浩太《こうた》は、そばのテーブルにあった料理《りょうり》を見《み》た。

テーブルの上《うえ》にはおいしそうなローストビーフが並《なら》べられている。そのむこうには、伊《い》勢《せ》エビがあり、お寿《す》司《し》もある。どれもめったに食《た》べられないものばかりだ。

「じゃあさっそく、いただきまーす」

浩太《こうた》は、料理《りょうり》に手《て》をのばした。

すると、ポケットの中《なか》のスマホが震《ふる》えた。

浩太《こうた》は画面《がめん》を見《み》る。なぜか、ディティはあきれた顔《かお》をしていた。

「君《きみ》は、ここに食事《しょくじ》にきたのかイ？　まわりを見《み》てごらン」

ディティにそう言《い》われ、大広間《おおひろま》を見《み》まわした。

少《すこ》し離《はな》れた場所《ばしょ》で、紗希《さき》たちの父親《ちちおや》が間宮刑事《まみやけいじ》と話《はな》している。その表情《ひょうじょう》は先《さき》ほどとはまるでちがい、真剣《しんけん》そのものだ。どうやら、警備《けいび》のことを話《はな》しているようだ。ほかの警察官《けいさつかん》たちも、みなけわしい顔《かお》で部屋《へや》の中《なか》を見《み》まわっている。

「浩太《こうた》くん、君《きみ》にも彼《かれ》らと同《おな》じ気持《きも》ちになってほしいものだネ」

ここにきたのは、パーティーを楽《たの》しむためではない。

ブルーローズの犯行《はんこう》から、紗希《さき》と優希《ゆき》を守《まも》るためだ。

「そうか、そうだよね……」

浩太《こうた》はテーブルから離《はな》れた。料理《りょうり》を食《た》べているひまなどないのだ。

すると、智彦《ともひこ》がやってきた。

「怪《あや》しい人《ひと》が何人《なんにん》かいたよ」

「えっ、どういうこと？」

浩太《こうた》はスマホをポケットに隠《かく》しながら、智彦《ともひこ》にたずねた。

智彦《ともひこ》は、パーティーに参加《さんか》している客《きゃく》をチェックしたのだという。

「少《すこ》しでも名探偵《めいたんてい》ＡＩ《アイ》・ＨＡＲＡ《ハラ》くんの力《ちから》になりたいと思《おも》ったんだ」

智彦《ともひこ》はそう言《い》って、怪《あや》しいと思《おも》った３人《にん》を、浩太《こうた》に教《おし》えた。

「まずは、あそこにいる人《ひと》だよ」

智彦《ともひこ》は会場《かいじょう》の一角《いっかく》を指《ゆび》さす。

そこには、マジックを披露《ひろう》するカラフルな服《ふく》を着《き》た男《おとこ》の人《ひと》が立《た》っていた。

「彼《かれ》は**ミラクル木《き》ノ下《した》さん**。余興《よきょう》

で呼《よ》ばれたマジシャンらしいんだ」

ミラクル木《き》ノ下《した》は、持《も》っていたボールをシルクハットの中《なか》に入《い》れると、次《つぎ》の瞬間《しゅんかん》、中《なか》を見《み》せた。すると、入《い》れたはずのボールが消《き》えていた。

「ミラクルさんはどんな物《もの》でも消《け》すことができるらしいよ。**彼《かれ》なら、フィギュアもあっという間《ま》に盗《ぬす》めるんじゃないかな？**」

「たしかに、盗《ぬす》めるかも」

智彦《ともひこ》は「次《つぎ》はね」と、会場《かいじょう》のまんなかあたりを指《ゆび》さした。

そこには、不機嫌《ふきげん》そうな顔《かお》をした大柄《おおがら》の中年男性《ちゅうねんだんせい》が立《た》っていた。

「彼《かれ》は**篠原《しのはら》さん**といって、紗希《さき》ちゃんたちのお父《とう》さんと同《おな》じホテルの経営者《けいえいしゃ》なんだって。だけど、お父《とう》さんと仕事《しごと》でトラブルがあったらしくて、今日《きょう》はその話《はなし》をしにきたらしいよ」

篠原《しのはら》はイライラしながら、ローストビーフを何枚《なんまい》も箸《はし》でつまみ、一気《いっき》に口《くち》の中《なか》に入《い》れた。

「もしかしたらフィギュアを盗《ぬす》んで、**紗希《さき》ちゃんたちのお父《とう》さんに嫌《いや》がらせしたいのかも**」

「なるほど、彼《かれ》がブルーローズだとしたら、パーティーを狙《ねら》う理由《りゆう》があったってことだね」

智彦《ともひこ》はうなずくと、次《つぎ》に3人目《にんめ》の怪《あや》しい人物《じんぶつ》に目《め》をうつした。

「最後《さいご》は彼女《かのじょ》だよ」

智彦《ともひこ》は、オーケストラの前《まえ》で演奏《えんそう》を聞《き》いている、きれいな女性《じょせい》を指《ゆび》さした。

「彼女《かのじょ》は、**葉月《はづき》さん**といって、会社《かいしゃ》の上司《じょうし》が紗希《さき》ちゃんたちのお父《とう》さんと知《し》り合《あ》いなんだって。だけど、その上司《じょうし》の人《ひと》が急《きゅう》に風邪《かぜ》をひいてパーティーに参加《さんか》できなくなって。それで代《か》わりに、上司《じょうし》が用意《ようい》していたプレゼントをわたしにきたらしいよ」

「わざわざわたしに？」

「別《べつ》に配達《はいたつ》でもいいよね？　**何《なん》だか怪《あや》しいと思《おも》わない？**」

「そう言《い》われれば、う〜ん」

ミラクル木《き》ノ下《した》も、篠原《しのはら》も、葉月《はづき》も、みんな怪《あや》しく見《み》える。

◆黄金《おうごん》のフィギュア

浩太《こうた》が悩《なや》んでいると、紗希《さき》と優希《ゆき》がそばにやってきた。

「浩太《こうた》さん、間宮《まみや》さん、今日《きょう》はきてくれてうれしいですわ」

「2人《ふたり》ともありがとう！」

「誕生日《たんじょうび》おめでとう」

智彦《ともひこ》は首《くび》からさげていたカメラで2人《ふたり》の写真《しゃしん》を撮《と》った。

(かわいい……♡)

浩太《こうた》はドレスに身《み》を包《つつ》んだ2人《ふたり》を改《あらた》めて間近《まぢか》で見《み》て、思《おも》わず笑《え》みがこぼれた。

「だけど、ほんとブルーローズってむかつくわよね」

「えっ、あ、うん、そうだよね」

優希《ゆき》の言葉《ことば》を聞《き》き、浩太《こうた》はあわてて真剣《しんけん》な表情《ひょうじょう》をつくる。

「私《わたし》も優希《ゆき》もずっと怖《こわ》いと思《おも》ってたんですの。だけど、浩太《こうた》さんを見《み》たら何《なん》だかホッとして」

「浩太《こうた》くんがいれば、ブルーローズも簡単《かんたん》に悪《わる》さできないもんね！」

「紗希《さき》ちゃん、優希《ゆき》ちゃん……」

2人《ふたり》は浩太《こうた》のことを頼《たよ》りにしてくれているようだ。

「みなさん、こちらに集《あつ》まってください！　いよいよお見《み》せします！」

紗希《さき》たちの父親《ちちおや》が、舞台《ぶたい》の横《よこ》にある白《しろ》いドアの前《まえ》に立《た》ち、大声《おおごえ》で人々《ひとびと》に呼《よ》びかけた。

「浩太《こうた》さん、間宮《まみや》さん、行《い》きましょ」

「私《わたし》たちも、実《じつ》はあれを見《み》るの初《はじ》めてなのよね」

浩太《こうた》たちは父親《ちちおや》のもとへ集《あつ》まった。

「さあ、みなさん。お披露目《ひろめ》しましょう！　紗希《さき》、優希《ゆき》、お父《とう》さんからの誕生日《たんじょうび》プレゼントだよ！」

父親《ちちおや》はそう言《い》ってドアを開《あ》けた。

ドアのむこうには、小部屋《こべや》があり、中央《ちゅうおう》にポツンと台《だい》が置《お》かれていた。

その台《だい》の上《うえ》を見《み》て、浩太《こうた》は目《め》を大《おお》きく見《み》開《ひら》く。そこには、まぶしく輝《かがや》く**2体《たい》の黄金《おうごん》の双子《ふたご》のフィギュア**が飾《かざ》られていたのだ。

「おお〜」

みんなが、いっせいに小部屋《こべや》の中《なか》に入《はい》る。

フィギュアは20センチほどの大《おお》きさで、紗希《さき》と優希《ゆき》にそっくりだった。

「世界的《せかいてき》に有名《ゆうめい》な職人《しょくにん》に頼《たの》んで、３ケ月《げつ》かけて作《つく》った金箔《きんぱく》のフィギュアなんですよ！」

父親《ちちおや》の説明《せつめい》を聞《き》きながら、みんなはスマホやカメラでフィギュアを撮影《さつえい》する。

「何《なん》だかはずかしいですわ」

「うん、正直趣味悪《しょうじきしゅみわる》いよね」

紗希《さき》と優希《ゆき》は金箔《きんぱく》のフィギュアを見《み》て、苦笑《にがわら》いをうかべていた。

(たしかに、あのプレゼントはもらってもビミョーかも……)

浩太《こうた》はそう思《おも》いながらも、フィギュアをじっと見《み》つめる。

ブルーローズはパーティーの最中《さいちゅう》にあれを盗《ぬす》むと予告《よこく》していた。

(それだけは、絶対《ぜったい》に阻止《そし》しなくちゃね！)

浩太《こうた》はあらためて気合《きあい》を入《い》れた。


1時間《じかん》がすぎた。参加者《さんかしゃ》たちは食事《しょくじ》を終《お》えて、思《おも》い思《おも》いにパーティーを楽《たの》しんでいる。

しかし、ブルーローズはまだあらわれなかった。

「もうすぐ終《お》わりの時間《じかん》よ」

「これだけ厳重《げんじゅう》に警備《けいび》していたら、ブルーローズも出《で》てこれないのかもしれませんわね」

浩太《こうた》の横《よこ》で優希《ゆき》と紗希《さき》が言《い》う。

黄金《おうごん》の双子《ふたご》のフィギュアが飾《かざ》られている小部屋《こべや》には、誰《だれ》でも自由《じゆう》に入《はい》ることができる。紗希《さき》たちの父親《ちちおや》が、みんなにフィギュアを見《み》てほしいと思《おも》ったからだ。

小部屋《こべや》の白《しろ》いドアの前《まえ》には、2人《ふたり》の警察官《けいさつかん》が立《た》っていて、部屋《へや》の中《なか》には間宮刑事《まみやけいじ》と新田《にった》刑事《けいじ》がつねに待機《たいき》している。

「もし誰《だれ》かがフィギュアを盗《ぬす》もうとしても、あれじゃあ捕《つか》まるよね」

まさに鉄壁《てっぺき》の守《まも》りだ。どうやら浩太《こうた》の出番《でばん》はなさそうだ。

「あらっ、どっちの彼氏《かれし》さんなの？」

中年《ちゅうねん》の女性《じょせい》が松葉杖《まつばづえ》をつきながら浩太《こうた》たちのそばにやってきた。

右目《みぎめ》に眼帯《がんたい》をしていて、右腕《みぎうで》と左足《ひだりあし》にギプスをつけている。

「もー、青山《あおやま》のおばさま。浩太《こうた》くんはそういうのじゃないから！」

彼女《かのじょ》は近所《きんじょ》に住《す》んでいて、小《ちい》さな頃《ころ》から紗希《さき》たちのことをかわいがってくれている人物《じんぶつ》だった。

「おばさま、怪我《けが》大丈夫《だいじょうぶ》ですの？」

「大丈夫大丈夫《だいじょうぶだいじょうぶ》。だけど、人間《にんげん》、調子《ちょうし》にのっちゃだめねえ」

青山《あおやま》のおばさんは、先週《せんしゅう》、山登《やまのぼ》りに行《い》ったらしい。だが、調子《ちょうし》にのって山道《やまみち》を走《はし》ってしまい、転《ころ》んで斜面《しゃめん》を滑《すべ》りおちてしまったという。

結果《けっか》、右目《みぎめ》のまわりを怪我《けが》して、手足《てあし》も骨折《こっせつ》してしまったという。

「せっかくのお祝《いわ》いなのに、こんな姿《すがた》でごめんなさいねえ」

青山《あおやま》のおばさんはそう言《い》って豪快《ごうかい》に笑《わら》った。

「青山《あおやま》のおばさま、そんなことないですわ。きてくれてうれしいですもの」

「うん、おばさま、ありがとう！」

紗希《さき》と優希《ゆき》は青山《あおやま》のおばさんにお礼《れい》を言《い》った。２人《ふたり》とも彼女《かのじょ》ことが大好《だいす》きなようだ。

「最後《さいご》にフィギュアをもう1度《ど》だけ見《み》させてもらうわね」

「ええ、見《み》てくださいね！」

青山《あおやま》のおばさんは、松葉杖《まつばづえ》をつきながら小部屋《こべや》のほうへむかった。

パーティーが終《お》わるまで、あと5分《ふん》。どうやら何事《なにごと》もなく終《お》わりそうだ。

浩太《こうた》は安堵《あんど》の息《いき》をついた。

そのとき――。突然《とつぜん》、会場《かいじょう》が真《ま》っ暗《くら》になった。

「て、停電《ていでん》⁇」

浩太《こうた》は声《こえ》をあげる。

しかし、何《なに》かがおかしい。

「どうなってるんだ？」

「誰《だれ》か明《あ》かりをつけて！」

真《ま》っ暗《くら》になったパーティー会場《かいじょう》のあちこちから、参加者《さんかしゃ》たちの声《こえ》があがる。

一方《いっぽう》、となりの小部屋《こべや》では、間宮刑事《まみやけいじ》が声《こえ》をあららげていた。

「新田《にった》、ドアを閉《し》めるんだ！」

「ドアを⁇」

「この停電《ていでん》は、きっとブルーローズのしわざだ！」

部屋《へや》の小《ちい》さな窓《まど》から見《み》える町《まち》の景色《けしき》は明《あ》かりがついている。

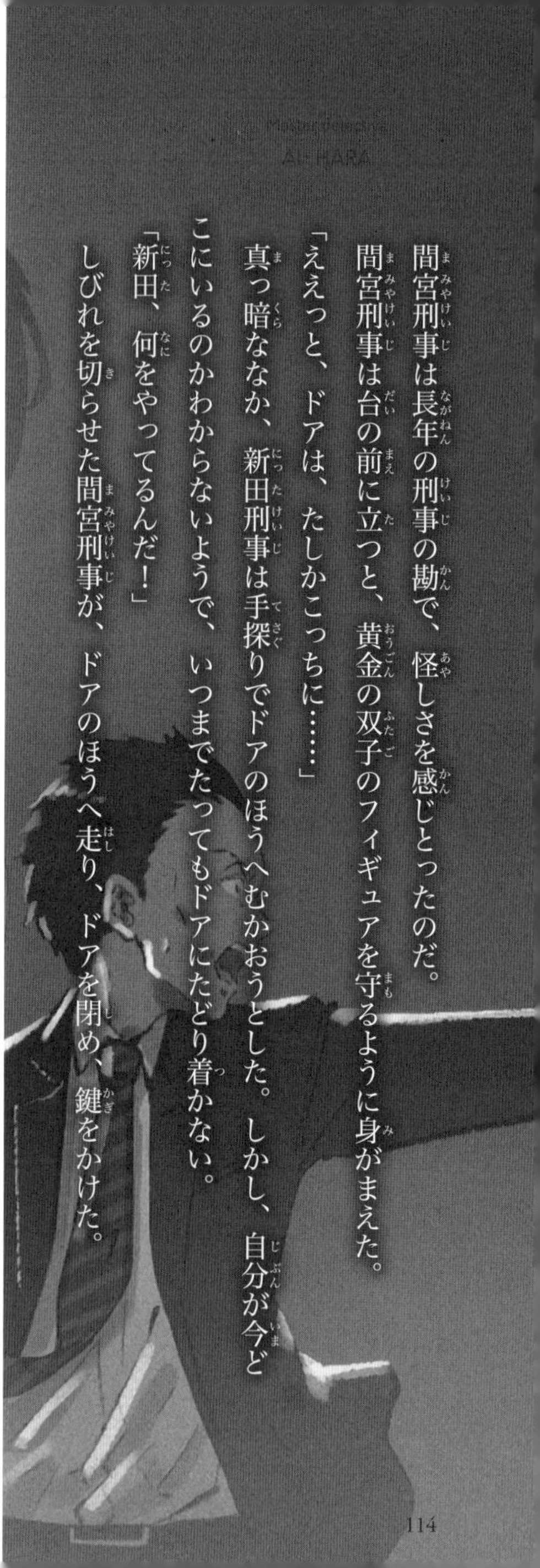

間宮刑事《まみやけいじ》は長年《ながねん》の刑事《けいじ》の勘《かん》で、怪《あや》しさを感《かん》じとったのだ。

間宮刑事《まみやけいじ》は台《だい》の前《まえ》に立《た》つと、黄金《おうごん》の双子《ふたご》のフィギュアを守《まも》るように身《み》がまえた。

「ええっと、ドアは、たしかこっちに……」

真《ま》っ暗《くら》ななか、新田刑事《にったけいじ》は手探《てさぐ》りでドアのほうへむかおうとした。しかし、自分《じぶん》が今《いま》どこにいるのかわからないようで、いつまでたってもドアにたどり着《つ》かない。

「新田《にった》、何《なに》をやってるんだ！」

しびれを切《き》らせた間宮刑事《まみやけいじ》が、ドアのほうへ走《はし》り、ドアを閉《し》め、鍵《かぎ》をかけた。


「きゃあああ！」


瞬間《しゅんかん》、小部屋《こべや》の中《なか》から悲鳴《ひめい》があがった。女《おんな》の人《ひと》の声《こえ》だ。

「どうしました!?」

小部屋《こべや》には、フィギュアを見《み》ていた数人《すうにん》の参加者《さんかしゃ》がいたはずだ。

間宮刑事《まみやけいじ》がその声《こえ》のほうへむかおうとしたとき、今度《こんど》は

ガシャーン！

何《なに》かが割《わ》れる音《おと》が響《ひび》いた。

次《つぎ》の瞬間《しゅんかん》、部屋《へや》の明《あ》かりがつき、パーティー会場《かいじょう》にも明《あ》かりがもどった。

みな、動揺《どうよう》している。浩太《こうた》は、すぐに紗希《さき》と優希《ゆき》の安全《あんぜん》を確認《かくにん》した。

◆窓《まど》ガラスの破片《はへん》

「大丈夫《だいじょうぶ》？　怪我《けが》とかない？？」

浩太《こうた》は紗希《さき》たちに声《こえ》をかける。

「ええ、私《わたし》たちは平気《へいき》ですわ」

「今《いま》の何《なん》だったの？　外《そと》は明《あか》るかったわよね？」

「うん、何《なん》だったんだろう？」

そこへ、紗希《さき》の父親《ちちおや》が会場《かいじょう》に駆《か》けこんできた。

「みなさんご無事《ぶじ》ですか？　今《いま》、ブレーカーをチェックしたら、なぜかオフになっていました！」

「ブレーカーが？」

ブレーカーをオフにすると、その家《いえ》の電気《でんき》がストップしてしまう。

そのため、この家《いえ》だけ停電《ていでん》になってしまったのだ。

「だけど、どうしてオフに？」

浩太《こうた》は首《くび》をかしげる。

そのとき、ポケットの中《なか》のスマホが震《ふる》えた。

『今《いま》すぐフィギュアを確認《かくにん》するんダ！』

「まさか！」

浩太《こうた》は小部屋《こべや》に走《はし》った。小部屋《こべや》の中《なか》から、間宮刑事《まみやけいじ》の声《こえ》が響《ひび》いてきた。

「どこにいったんだ！」

「間宮刑事《まみやけいじ》、どうしたんですか！」

浩太《こうた》はドアを開《あ》けようとするが鍵《かぎ》がかかっている。

紗希《さき》や優希《ゆき》、それに彼女《かのじょ》たちの父親《ちちおや》や智彦《ともひこ》も、ドアの前《まえ》に駆《か》けこんできた。

すると、ドアが開《あ》き、新田刑事《にったけいじ》が立《た》っていた。

「何《なに》があったんだね！」

紗希《さき》たちの父親《ちちおや》が、新田刑事《にったけいじ》に迫《せま》る。

「そ、それが……」

新田刑事《にったけいじ》の顔《かお》からは血《ち》の気《け》が引《ひ》いていた。

「みなさん、動《うご》かないように！」

台《だい》の横《よこ》に立《た》つ間宮刑事《まみやけいじ》が、部屋《へや》の中《なか》にいた人《ひと》たちに声《こえ》をかけた。

「間宮刑事《まみやけいじ》、大丈夫《だいじょうぶ》ですか？」

浩太《こうた》は間宮刑事《まみやけいじ》のもとへ歩《あゆ》みよろうとする。

だがそのとき、何《なに》かがおかしいことに気《き》づいた。

台《だい》に飾《かざ》ってあった黄金《おうごん》の双子《ふたご》のフィギュアがなくなっていたのだ。

「浩太《こうた》くん、あれ！」

優希《ゆき》が窓《まど》のほうを指《ゆび》さす。

見《み》ると、窓《まど》がわれている。

先《さき》ほどの停電《ていでん》のとき、小部屋《こべや》で何《なに》かがわれる音《おと》が響《ひび》いた。

それは窓《まど》がわれた音《おと》だったのだ。

「もしかして⁇」

浩太《こうた》は間宮刑事《まみやけいじ》のほうを見《み》た。

「あ、ああ、黄金《おうごん》の双子《ふたご》のフィギュアが盗《ぬす》まれてしまった——」

「そんな……」

浩太《こうた》たちは呆然《ぼうぜん》となってしまう。

停電《ていでん》はわずか1分《ぷん》ほどだ。

その間《あいだ》に、フィギュアが盗《ぬす》まれてしまったのだ。

そのとき、部屋《へや》の隅《すみ》から声《こえ》がした。

「あいたたた」

見《み》ると、青山《あおやま》のおばさんが床《ゆか》に倒《たお》れていた。

「おばさま大丈夫《だいじょうぶ》??」

紗《さ》希《き》と優《ゆ》希《き》があわてて青山《あおやま》のおばさんに駆《か》けよる。

青山《あおやま》のおばさんのそばには、グラスが落《お》ちていて、床《ゆか》にはワインがこぼれていた。

「停電中《ていでんちゅう》に誰《だれ》かがぶつかってきて、思《おも》わず叫《さけ》んじゃったわ」

小部屋《こべや》の中《なか》で聞《き》こえた悲鳴《ひめい》は、青山《あおやま》のおばさんの声《こえ》だった。

「AI《ア》・《イ》HARA《ハラ》くん、これはどうやら密室《みっしつ》トリックのようだね」

智彦《ともひこ》が部屋《へや》を見《み》ながら言《い》う。

「密室《みっしつ》トリック?」

「なんだい、名探偵《めいたんてい》なのに知《し》らないのかい? 鍵《かぎ》のかかった部屋《へや》の中《なか》で起《お》きる事件《じけん》のことをいうんだよ」

たしかに、停電《ていでん》になったとき、間宮刑事《まみやけいじ》は小部屋《こべや》のドアに鍵《かぎ》をかけた。つまり、フィギユアを盗《ぬす》んだ犯人《はんにん》・ブルーローズは、小部屋《こべや》の中《なか》にいた誰《だれ》かということになるのだ。

「おそらく、青山《あおやま》さんとぶつかった相手《あいて》だろうね」

その人物《じんぶつ》が停電《ていでん》のすきに台《だい》の上《うえ》のフィギュアを盗《ぬす》んだのだろう。

浩太《こうた》は停電《ていでん》のとき小部屋《こべや》にいた人《ひと》たちを確認《かくにん》した。

間宮刑事《まみやけいじ》と新田刑事《にったけいじ》は警備《けいび》をしていた。

フィギュアを見《み》ていたのは、４人《にん》。

青山《あおやま》のおばさん、マジシャンのミラクル木《き》ノ下《した》、紗希《さき》たちの父親《ちちおや》と仕事《しごと》でもめている篠原《しのはら》、会社《かいしゃ》の上《じょう》司《し》の代《か》わりに誕生日《たんじょうび》プレゼントを持《も》ってきた葉月《はづき》だ。

青山《あおやま》のおばさんをのぞく３人《にん》は、智彦《ともひこ》が怪《あや》しんでいた人物《じんぶつ》である。

「やっぱり僕《ぼく》の予想《よそう》はあたってたのかも……」

智彦《ともひこ》の言葉《ことば》に、浩太《こうた》はうなずく。

そのとき、ポケットの中《なか》でスマホが震《ふる》えた。

浩太《こうた》は智彦《ともひこ》たちから離《はな》れると、スマホを取《と》りだした。

『部屋《へや》の中《なか》を見《み》せテ』

真剣《しんけん》な表情《ひょうじょう》をしたディティの横《よこ》にそうある。

浩太《こうた》はスマホを手《て》で隠《かく》しながら、ディティに室内《しつない》を見《み》せた。

「間宮《まみや》くん！　どうなってるんだね！　早《はや》く犯人《はんにん》を見《み》つけたまえ！　犯人《はんにん》はこの中《なか》にいるんだろ！」

紗希《さき》たちの父親《ちちおや》がすごい剣幕《けんまく》で間宮刑事《まみやけいじ》に詰《つ》めよる。

「お父様《とうさま》、やめて！」

「そうよ、間宮《まみや》くんのお父《とう》さんを責《せ》めてもしかたないでしょ！」

「し、しかしだな！」

「あ、あの～」

するとそのとき、われた窓《まど》を見《み》ていた新田《にった》が声《こえ》をあげた。

「もしかして、ブルーローズはもうこの部屋《へや》にいないのかも……」

「どういうことかね？」

「停電《ていでん》したとき、ブルーローズは、窓《まど》から入《はい》ってきたんだと思《おも》うんです」

「ブルーローズは窓《まど》から入《はい》ってきただって？」

浩太《こうた》たちはわれた窓《まど》を見《み》た。

しかし、われた部分《ぶぶん》は穴《あな》が小《ち》さく、かろうじてこぶしが入《はい》るぐらい。鍵《かぎ》もかかったままだ。

「この穴《あな》からじゃ、人間《にんげん》は入《はい》れないですよ？」

「たとえば、外《そと》から窓《まど》に穴《あな》を開《あ》けて、その穴《あな》に腕《うで》を入《い》れて、窓《まど》の鍵《かぎ》を開《あ》けたのかも。そうすれば、窓《まど》を開《あ》けることができるだろ？　それで部屋《へや》に侵入《しんにゅう》しフィギュアを盗《ぬす》んで、また窓《まど》から出《で》たんだ。穴《あな》から腕《うで》を伸《の》ばして窓《まど》の鍵《かぎ》を閉《し》めれば、密室状態《みっしつじょうたい》になると思《おも》うんだよ」

「なるほど。たしかにそれなら……」

浩太《こうた》は新田刑事《にったけいじ》の推理《すいり》に納得《なっとく》する。

すると、スマホが震《ふる》えた。ディティの横《よこ》にふきだしが表示《ひょうじ》される。

『それはありえないヨ。窓《まど》は部屋《へや》の中《なか》からわられタ。その証拠《しょうこ》が、はっきりと残《のこ》ってル』

「**証拠《しょうこ》？**」

ディティはその答《こた》えを画面《がめん》に表示《ひょうじ》した。

「あ、そっか！」

浩太《こうた》は思《おも》わず大《おお》きな声《こえ》を出《だ》す。

「浩太《こうた》さん、どうしたんですの？」

「えっ、あ、ええっと、ブルーローズが外《そと》から入《はい》ってきてないってことがわかったんだ」

「えええ？」

みんないっせいに浩太《こうた》のほうを見《み》た。

「相原《あいはら》くん、僕《ぼく》の推理《すいり》がまちがっているというのかい？」

「新田刑事《にったけいじ》。あなたは1つ大事《だいじ》なことを見落《みお》としています」

浩太《こうた》はディティが教《おし》えてくれたことを、みんなに伝《つた》えた。

「窓《まど》は部屋《へや》の中《なか》からわられた。あれがその証拠《しょうこ》です！」

浩太《こうた》は、窓《まど》のそばの床《ゆか》を指《ゆび》さした。

「んん？　とくに何《なに》もないよ？」

「ええ、それが証拠《しょうこ》です。もし、**窓《まど》が外《そと》からわられていたら、床《ゆか》にわれた破片《はへん》が落《お》ちていたはずです。**だけど床《ゆか》には何《なに》も落《お》ちていない。それは、窓《まど》が部屋《へや》の中《なか》からわられたということを意味《いみ》しているんです」

「なるほど、そういうことか」

間宮刑事《まみやけいじ》は捜査用《そうさよう》の手袋《てぶくろ》をはめると、窓《まど》を開《あ》けて外《そと》を見《み》た。

「あったぞ。破片《はへん》だ！」

新田刑事《にったけいじ》があわてて横《よこ》から見《み》る。

パーティー会場《かいじょう》と小部屋《こべや》があるのは屋敷《やしき》の2階《かい》である。窓《まど》のちょうど真下《ました》の地面《じめん》に、破片《はへん》が落《お》ちていた。

「破片《はへん》が外《そと》に落《お》ちているということは、窓《まど》は部屋《へや》の中《なか》からわられた。**つまり、わったのは、停電《ていでん》のときこの部屋《へや》にいた誰《だれ》かです！**」

◆予想外《よそうがい》の人物《じんぶつ》

間宮刑事《まみやけいじ》たちは、停電《ていでん》のとき小部屋《こべや》にいた4人《にん》から話《はなし》を聞《き》くことにした。

一方《いっぽう》、浩太《こうた》は紗希《さき》たちと事件《じけん》の整理《せいり》をすることにした。

突然《とつぜん》、停電《ていでん》になったのは、ブレーカーがオフになったためである。

警察《けいさつ》がくわしく調《しら》べると、**ブレーカーのそばに自動《じどう》タイマーが落《お》ちていたという。**

時間《じかん》がくると電源《でんげん》がオフになるようセットされていたのだ。

「小部屋《こべや》にいた誰《だれ》かが、あらかじめ仕掛《しか》けてたってことよね？」

優希《ゆき》が言《い》った。

「間宮《まみや》さんと新田《にった》さんは刑事《けいじ》だから犯人《はんにん》じゃありませんわよね？」

紗希《さき》は浩太《こうた》にたずねる。

「青山《あおやま》のおばさんも怪我《けが》をしているから犯行《はんこう》は不可能《ふかのう》なはず。そして、停電《ていでん》のとき、彼女《かのじょ》は誰《だれ》かとぶつかった……。そのぶつかった相手《あいて》が犯人《はんにん》の可能性《かのうせい》が高《たか》いよね……」

浩太《こうた》たちは間宮刑事《まみやけいじ》たちと話《はなし》をしている3人《にん》のほうを見《み》た。

「あのマジシャンの方《かた》ならマジックでフィギュアを消《け》すのも可能《かのう》かもしれませんわ」

紗希《さき》はミラクル木《き》ノ下《した》を怪《あや》しんでいるようだ。

「篠原《しのはら》さんも、お父《とう》さんとけんかしてるんだよね……」

優希《ゆき》は篠原《しのはら》をじっと見《み》つめる。

「葉月《はづき》さんも怪《あや》しいよね。パーティーに急《きゅう》に出席《しゅっせき》したわけだし」

浩太《こうた》は葉月《はづき》をにらむ。

「みんな、怪《あや》しいよねえ」

そのとき、智彦《ともひこ》が「ちょっと待《ま》って」と口《くち》を開《ひら》いた。

「ブルーローズは、もしかしたら2人《ふたり》いるのかも？」

「えっ、どういうこと？？」

「さっき、警察《けいさつ》は小部屋《こべや》にいた全員《ぜんいん》を身体検査《しんたいけんさ》しただろう？」

先《さき》ほど、間宮刑事《まみやけいじ》たちは、小部屋《こべや》にいた人《ひと》たちの持《も》ち物《もの》をチェックした。

しかし、誰《だれ》もフィギュアなどは隠《かく》し持《も》っていなかった。

「それで思《おも》ったんだ。窓《まど》ガラスに穴《あな》があっただろ。**あの穴《あな》から、フィギュアを外《そと》に投《な》げたのかもって**」

窓《まど》ガラスはこぶしが入《はい》るぐらいの大《おお》きさの穴《あな》が開《あ》いていた。

それはフィギュアと同《おな》じサイズだ。

「たしかに、あの穴《あな》からならフィギュアを外《そと》に出《だ》せるかも……」

どうりで身体検査《しんたいけんさ》をしてもフィギュアが見《み》つからないはずだ。

「だけど、外《そと》には窓《まど》ガラスの破片《はへん》しかありませんでしたわ」

紗希《さき》が智彦《ともひこ》のほうを見《み》て言《い》った。

「そうよね。フィギュアはどこにいったのよ？」

優希《ゆき》もたずねる。

すると、智彦《ともひこ》が言《い》った。

「言《い》っただろうブルーローズは2人《ふたり》いるって。**窓《まど》の外《そと》で、もう1人《ひとり》が待《ま》ってたんだ**」

「待《ま》ってた？　そっか！　その人《ひと》が投《な》げられたフィギュアをキャッチして、持《も》って逃《に》げたんだね！」

浩太《こうた》がそう言《い》うと、智彦《ともひこ》は「そのとおり」と答《こた》えた。

「じゃあ、さっき3人《にん》の誰《だれ》かが、もう1人《ひとり》のブルーローズってことか」

浩太《こうた》はミラクル木《き》ノ下《した》たちを見《み》る。だが、智彦《ともひこ》が首《くび》を横《よこ》にふった。

「それは違《ちが》うかも」

「どういうこと？」

「僕《ぼく》、さっきから怪《あや》しいって思《おも》っている人《ひと》が1人《ひとり》いるんだ」

「誰《だれ》？　あの3人《にん》の内《うち》の誰《だれ》かじゃないの？」

智彦《ともひこ》はふと、ある人物《じんぶつ》を指《ゆび》さした。

「怪《あや》しい人《ひと》は、あの人《ひと》だよ！」

浩太《こうた》たちはその視線《しせん》の先《さき》を見《み》つめる。

そこにはなんと、新田刑事《にったけいじ》が立《た》っていた。

「えええ？　新田刑事《にったけいじ》がもう1人《ひとり》のブルーローズ⁇」

予想外《よそうがい》の人物《じんぶつ》に、浩太《こうた》たちは驚《おどろ》きの声《こえ》をあげた。

「どうしたんだね、君《きみ》たち？」

その声《こえ》を聞《き》き、間宮刑事《まみやけいじ》と新田刑事《にったけいじ》がそばにやってきた。

「お父《とう》さん、僕《ぼく》、犯人《はんにん》がわかったんだ。フィギュアを盗《ぬす》んだのは、新田刑事《にったけいじ》だよ！」

「何《なん》だって？」

「ちょ、ちょっと、智彦《ともひこ》くん、何《なに》を言《い》ってるんだい。俺《おれ》がそんなことするわけないだろ」


「じゃあ、その染《し》みはなんなの？」


智彦《ともひこ》は新田刑事《にったけいじ》の背中《せなか》を指《ゆび》さした。

背中《せなか》の部分《ぶぶん》がなぜかぬれている。

「なんだこれ？」

新田刑事《にったけいじ》は自分《じぶん》の背中《せなか》がぬれていたことに気《き》づいていなかったようだ。

「これは……」

間宮刑事《まみやけいじ》は新田刑事《にったけいじ》の背中《せなか》のにおいをかいだ。

「ワイン……か」

「そのワインは、たぶん、青山《あおやま》さんが停電中《ていでんちゅう》に誰《だれ》かとぶつかったときにこぼしたワインだと思《おも》うんだ」

「なるほど、こぼしたときにかかってしまったというわけだな。んん？　ぶつかった相手《あいて》というのは、つまり、犯人《はんにん》ということか？」

間宮刑事《まみやけいじ》は新田刑事《にったけいじ》をにらんだ。

「ま、待《ま》ってくださいっす！　俺《おれ》、あのとき誰《だれ》にもぶつかってません！　っていうか、フィギュアなんてどこにも持《も》ってなかったでしょ！」

智彦《ともひこ》は、ブルーローズが2人《ふたり》いたことを間宮刑事《まみやけいじ》に話《はな》した。

「フィギュアは外《そと》の仲間《なかま》に……。だから誰《だれ》も持《も》っていなかったのか。……新田《にった》、くわしく

話《はなし》を聞《き》こうか」

「な、何言《なにい》ってるんすか！　俺《おれ》は犯人《はんにん》なんかじゃないですってば！」

新田刑事《にったけいじ》は必死《ひっし》に無実《むじつ》をうったえるが、間宮刑事《まみやけいじ》に連《つ》れていかれてしまった。

「まさか、新田《にった》さんがブルーローズの1人《ひとり》だったなんて……」

紗希《さき》と優希《ゆき》は予想外《よそうがい》の展開《てんかい》に大《おお》きなショックをうけていた。

そのなか、浩太《こうた》は驚《おどろ》きながらも、何《なに》かが引《ひ》っかかっていた。

浩太《こうた》はみんなから少《すこ》し離《はな》れると、スマホを取《と》りだし、ディティに話《はな》しかけた。

「ねえ、ほんとに新田刑事《にったけいじ》が犯人《はんにん》なのかな？」

「まだわからないけど、智彦《ともひこ》くんの言《い》っていることは正《ただ》しく思《おも》えるネ」

しかし、浩太《こうた》は「だけど……」とつぶやいた。

「僕《ぼく》、新田刑事《にったけいじ》は犯人《はんにん》じゃないような気《き》がするんだ」

「それはどうしてだイ？」

「う～ん、うまく説明《せつめい》できないけど、新田刑事《にったけいじ》って不器用《ぶきよう》そうだし、ウソをつくのも下手《へた》そうだし、どうしても悪《わる》い人《ひと》には思《おも》えないんだ」

◆4人《にん》の証言《しょうげん》

「推理《すいり》として論理的《ろんりてき》ではないネ」

「推理《すいり》じゃないよ。本人《ほんにん》を見《み》て何《なん》となくそう思《おも》ったんだ。直感《ちょっかん》っていうやつかな」

「直感《ちょっかん》、カ。……なるほど、それはおもしろいネ」

「おもしろい？」

「直感《ちょっかん》というのは、ボクにはないものダ。だけど、時《とき》にそれは重要《じゅうよう》なことになることがあるかもしれなイ」

デイティはにやりと笑《わら》った。

「君《きみ》の直感《ちょっかん》を信《しん》じてみよウ。浩太《こうた》くん、もう1度《ど》、小部屋《こべや》を調《しら》べるヨ」

「えっ、何《なに》かわかったの？」

「わからないからこそ調《しら》べるんダ。見落《みお》としていたものが、まだあるかもしれなイ」

間宮刑事《まみやけいじ》たち警察官《けいさつかん》は、会場《かいじょう》の一角《いっかく》で、新田刑事《にったけいじ》と話《はなし》をしている。

小部屋《こべや》には、今《いま》、誰《だれ》もいない。浩太《こうた》は、ディティとともに、こっそりと小部屋《こべや》に入《はい》った。

小部屋《こべや》は、こぼれたワインも、ガラスがわれた窓《まど》もそのままの状態《じょうたい》になっている。

浩太《こうた》はそれらに触《ふ》れないように、スマホの画面《がめん》を部屋《へや》にむけると、中《なか》を歩《ある》きまわった。

「とくに怪《あや》しいところはなさそうだけど……」

先《さき》ほど小部屋《こべや》にいたときも、部屋《へや》の中《なか》はしっかり確認《かくにん》したつもりだ。

「ここから、フィギュアを外《そと》へ投《な》げたんだよね」

浩太《こうた》は窓《まど》ガラスにできた穴《あな》を見《み》る。よく見《み》ると、ギザギザになっている。

そのとき、ディティが目《め》を大《おお》きく見開《みひら》いた。

「そうか、そういうことカ！」

「どうしたの？　何《なに》かわかったの？」

「あア。浩太《こうた》くん、小部屋《こべや》にいた4人《にん》から、停電《ていでん》のときどんな様子《ようす》だったのか、くわしく話《はなし》を聞《き》くんダ」

「4人《にん》ってミラクル木《き》ノ下《した》さんたちのこと？」

「あア。間宮刑事《まみやけいじ》と新田刑事《にったけいじ》以外《いがい》の4人《にん》ダ」

「わ、わかった」

浩太《こうた》はわけがわからなかったものの、小部屋《こべや》を出《で》ると、4人《にん》のもとへむかった。

「停電《ていでん》のとき、どんな様子《ようす》だったかって？」

最初《さいしょ》に答《こた》えたのは、ミラクル木《き》ノ下《した》だ。

「急《きゅう》に部屋《へや》の隅《すみ》から悲鳴《ひめい》が聞《き》こえたんだよ。真《ま》っ暗《くら》で何《なに》も見《み》えなかったけど、その後《ご》、窓《まど》がわれる音《おと》がして。そして、誰《だれ》かが床《ゆか》に倒《たお》れる音《おと》がしたんだ。怖《こわ》くてしかたなかったよ」

次《つぎ》に、浩太《こうた》は篠原《しのはら》から話《はなし》を聞《き》いた。

「俺《おれ》は暗《くら》いところが苦手《にがて》なんだ。だから真《ま》っ暗《くら》で何《なに》も見《み》えなくなったから、その場《ば》にしゃがみこんだんだ。すると、部屋《へや》の隅《すみ》から悲鳴《ひめい》が聞《き》こえてきて。その後《ご》、窓《まど》がわれる音《おと》がして、誰《だれ》かが倒《たお》れる音《おと》がしたんだ」

浩太《こうた》は、次《つぎ》に葉月《はづき》から話《はなし》を聞《き》いた。

「真《ま》っ暗《くら》な中《なか》、青山《あおやま》さんの悲鳴《ひめい》が聞《き》こえた後《あと》、誰《だれ》かが台《だい》に近《ちか》づく気配《けはい》がしたの。たぶんそのとき、フィギュアが盗《ぬす》まれたんでしょうね。その後《ご》、窓《まど》がわれる音《おと》がしたわ。誰《だれ》かが倒《たお》れる音《おと》？　そうねえ、たしか窓《まど》がわれた後《あと》に、倒《たお》れる音《おと》がしたわ」

浩太《こうた》は最後《さいご》に、青山《あおやま》のおばさんに話《はなし》を聞《き》いた。

「停電《ていでん》になったとき誰《だれ》かがぶつかってきたの。私《わたし》、悲鳴《ひめい》をあげて倒《たお》れちゃって、ワインもこぼしちゃったわ。驚《おどろ》いて前《まえ》を見《み》あげたら、スーツを着《き》た男《おとこ》の人《ひと》の背中《せなか》が見《み》えて。あれが、新田《にった》さんだったのよね。その後《ご》、窓《まど》がわれる音《おと》がしたわ」

浩太《こうた》は4人《にん》から話《はなし》を聞《き》き終《お》えると、腕《うで》をくんで考《かんが》えた。

4人《にん》が言《い》っていることは、とくにおかしなところはなさそうだ。

すると、ポケットの中《なか》から声《こえ》がした。

「君《きみ》の直感《ちょっかん》は、正《ただ》しかったようだネ」

「正《ただ》しかったってどういうこと？」

「浩太《こうた》くん、スマホの画面《がめん》を彼《かれ》ら4人《にん》にむけてくれるかナ？」

「うん、わかった……」

浩太《こうた》は言《い》われたとおりにした。

ディティは、4人《にん》をじっくりと見《み》つめる。

そして、笑《え》みをうかべた。

「犯人《はんにん》がわかったヨ——」

「ええ？　どういうこと？」

「こんな簡単《かんたん》な謎《なぞ》も解《と》けないなんて、人間《にんげん》はほんと情《なさ》けないネ」

「情《なさ》けなくてもいいから教《おし》えて！　真犯人《しんはんにん》は誰《だれ》なの？」

「真犯人《しんはんにん》は、今話《いまはなし》を聞《き》いた4人《にん》の中《なか》にいル。そしてフィギュアは、その人物《じんぶつ》がまだ持《も》っているはずダ！」

◆暗闇《くらやみ》の中《なか》の瞳《ひとみ》

浩太《こうた》はみなを小部屋《こべや》の中《なか》に集《あつ》めた。

「相原《あいはら》くん、一体何《いったいなに》をしようというんだね？　私《わたし》は今《いま》から署《しょ》にもどって、新田《にった》からくわしく話《はなし》を聞《き》かなくちゃいけないんだ」

間宮刑事《まみやけいじ》はとなりにいる新田刑事《にったけいじ》のほうを見《み》ながらそう言《い》った。

「間宮《まみや》さん、俺《おれ》はやってないっすってば……」

新田刑事《にったけいじ》は誰《だれ》にも無実《むじつ》を信《しん》じてもらえず疲《つか》れはてていた。

浩太《こうた》は、先《さき》ほどディティからすべての真相《しんそう》を聞《き》いた。いまだに信《しん》じられなかったが、ディティは「ボクの推理《すいり》は120％完璧《パーセントかんぺき》ダ」と自信満々《じしんまんまん》に言《い》っていた。

（ディティを信《しん》じるしかないよね）

浩太《こうた》は、全身《ぜんしん》に力《ちから》を入《い》れると、名探偵《めいたんてい》ＡＩ《アイ》・ＨＡＲＡ《ハラ》になりきることにした。

「新田《にった》さんは犯人《はんにん》ではありません。なぜなら、フィギュアはまだ、小《こ》部屋《べや》の中《なか》にいた真犯人《しんはんにん》が持《も》っているからです！」


「えええ？」

そこにいた全員《ぜんいん》がどよめく。

「AI《アイ》・HARA《ハラ》くん、フィギュアは新田《にった》さんが、窓《まど》から外《そと》に投《な》げたんだよね？」

智彦《ともひこ》がそうたずねると、浩太《こうた》は首《くび》を横《よこ》にふった。

「たしかに智彦《ともひこ》くんの推理《すいり》は正《ただ》しいように思《おも》える。だけど、1つだけ欠点《けってん》があるんだ。それはこれだよ！」

浩太《こうた》はわれた窓《まど》のそばにやってくると、穴《あな》を指《ゆび》さした。

「これをよく見《み》て。何《なに》か変《へん》なことに気《き》づかないかな？」

「変《へん》なこと……？　う～ん」

全員《ぜんいん》が穴《あな》を凝視《ぎょうし》する。

「ただの穴《あな》ですわ」

「ちょっとだけギザギザにはなってるけど、どこも変《へん》なことは……」

そのとき、優希《ゆき》はハッとした。

「ちょっとまって！　この穴《あな》、フィギュアが入《はい》らないかも！　ほらっ、ここを見《み》て！」

優希《ゆき》は穴《あな》の下《した》のほうを指《ゆび》さした。するとそこには1ケ所《かしょ》、ガラスが長《なが》くとがって残《のこ》っている部分《ぶぶん》があった。

「このとがった部分《ぶぶん》があると、フィギュアは穴《あな》に入《はい》らないわよね!?」

「そうですわね。これでは外《そと》に投《な》げることなんてできませんわ」

「そう。フィギュアは今《いま》も真犯人《しんはんにん》が持《も》っている。真犯人《しんはんにん》ははじめから、外《そと》にフィギュアを投《な》げるつもりはなかった。そう見《み》せかけて、新田《にった》さんを犯人《はんにん》にしたてようとしていただけ

なんだ」

浩太《こうた》は、ある人物《じんぶつ》のほうを見《み》た。

「あなたが、フィギュアを盗《ぬす》んだ真犯人《しんはんにん》ですね！」

視線《しせん》の先《さき》には、なんと、青山《あおやま》のおばさんが立《た》っていた。

「わ、私《わたし》が犯人《はんにん》？　ちょっと、何《なに》言《い》ってるの？　冗談《じょうだん》はやめてよ～」

青山《あおやま》のおばさんは笑《わら》う。

「浩太《こうた》さん、青山《あおやま》のおばさまがフィギュアを盗《ぬす》むなんて無理《むり》ですわ」

「そうよ。だって怪我《けが》をしてるのよ」

青山《あおやま》のおばさんは、片目《かため》に眼帯《がんたい》を、右腕《みぎうで》と左足《ひだりあし》にギプスをつけていた。

「たしかにこんな状態《じょうたい》じゃ、盗《ぬす》みなんてできないと思《おも》う。だけどもし、怪我《けが》をしていなかったとしたら？」

浩太《こうた》は青山《あおやま》のおばさんをにらんだ。

「停電《ていでん》のとき、小部屋《こべや》にいた4人《にん》から話《はなし》を聞《き》いて疑問《ぎもん》に思《おも》ったことがあるんです。ミラクル木《き》ノ下《した》さんと篠原《しのはら》さんと葉月《はづき》さんは、『**悲鳴《ひめい》を聞《き》いた後《あと》、窓《まど》がわれる音《おと》がして、そして、誰《だれ》かが倒《たお》れる音《おと》がした**』と言《い》っていました。だけど、青山《あおやま》さん、あなただけは、『**悲鳴《ひめい》をあげた後《あと》、倒《たお》れて、そして窓《まど》がわれる音《おと》がした**』と言《い》っていたんです」

「そ、それは……」

「浩太《こうた》さん、どういうことですの？」

紗希《さき》が首《くび》をかしげると、間宮刑事《まみやけいじ》が口《くち》を開《ひら》いた。

「そうか、そう言《い》わないと矛盾《むじゅん》ができてしまうんだな……」

その言葉《ことば》に浩太《こうた》はうなずいた。

「青山《あおやま》さんだけが、『悲鳴《ひめい》をあげた後《あと》、倒《たお》れた』と言《い》っている。そうしないと、ぶつかって倒《たお》れたときの状況《じょうきょう》に矛盾《むじゅん》ができるんです。だけど青山《あおやま》さん、あなたは、誰《だれ》にもぶつかっていませんよね？」

浩太《こうた》は青山《あおやま》のおばさんをまっすぐ見《み》つめた。

「あなたは停電《ていでん》になることをあらかじめ知《し》っていた。あれは犯人《はんにん》が仕組《しく》んだものですからね。まず、停電《ていでん》になったとき、誰《だれ》かにぶつかったフリをして、悲鳴《ひめい》をあげた。次《つぎ》に、誰《だれ》でもいいからそばにいた人間《にんげん》の背中《せなか》にワインをかけた。その人物《じんぶつ》があたかもぶつかってきた相手《あいて》で、フィギュアを盗《ぬす》んだ犯人《はんにん》に思《おも》わせるためにね。その後《ご》、外《そと》に仲間《なかま》がいるように見《み》せるために窓《まど》ガラスをわって、フィギュアをある場所《ばしょ》に隠《かく》した。そして最後《さいご》に床《ゆか》に倒《たお》れて、犯人《はんにん》とぶつかった被害者《ひがいしゃ》のフリをしたんです」

浩太《こうた》がそう言《い》うと、青山《あおやま》のおばさんはあせったような表情《ひょうじょう》を見《み》せた。しかしすぐに強気《つよき》な笑《え》みをうかべた。

「あなた、推理《すいり》が得意《とくい》なようだけど、さすがにその推理《すいり》には無理《むり》があるんじゃない？　あのとき、部屋《へや》の中《なか》は真《ま》っ暗《くら》だったのよ。

そんなにもいろいろな動作《どうさ》をテキパキできるわけないじゃない」

しかし、浩太《こうた》は「あなたはできたはずです」とキッパリ言《い》った。

「あなたтака

「あなただけは、真《ま》っ暗《くら》な部屋《へや》の中《なか》でも物《もの》が見《み》えてたんです。さっきあなたが言《い》った証言《しょうげん》が、それを証明《しょうめい》しています！」

◆ブルーローズの正体《しょうたい》

「どういうことよ!?」

「あなたはさっき、『**ワインをこぼしたとき、前《まえ》を見《み》あげたら、スーツを着《き》た男《おとこ》の人《ひと》の背《せ》中《なか》が見《み》えた**』と証言《しょうげん》しましたよね？」

「ええ、新田《にった》さんの背中《せなか》だったと思《おも》うわ。それが何《なに》よ！」

「どうしてそれがちゃんと見《み》えたんですか？　証言《しょうげん》をしたほかの3人《にん》は、『**真《ま》っ暗《くら》で何《なに》も見《み》えなかった**』と言《い》ってたんですよ」

「あっ！」

青山《あおやま》のおばさんは左目《ひだりめ》を大《おお》きく見開《みひら》く。

浩太《こうた》は、彼女《かのじょ》の眼帯《がんたい》をしている右目《みぎめ》を見《み》た。

「その眼帯《がんたい》の下《した》の目《め》は、怪我《けが》などしていませんよね？　あなたは停電《ていでん》になった瞬間《しゅんかん》、眼帯《がんたい》をはずして、右目《みぎめ》で部屋《へや》を見《み》た。右目《みぎめ》は眼帯《がんたい》をしていたおかげで、暗《くら》いところにすぐに慣《な》れたはずです。**つまり、あなたはひとりだけ、暗《くら》い部屋《へや》で自由《じゆう》に行動《こうどう》することができた**」

「じ、自由《じゆう》に？　何言《なにい》ってるの。私《わたし》は怪我《けが》をしてるのよ、自由《じゆう》に動《うご》けるわけないでしょ！」

青山《あおやま》のおばさんは、右腕《みぎうで》と左足《ひだりあし》につけたギプスをアピールした。

「それはさっきも言《い》ったでしょう。あなたは怪我《けが》はしていないって。あなたは窓《まど》をわり、フィギュアを外《そと》に投《な》げたように見《み》せかけた。**そしてフィギュアをある場所《ばしょ》に隠《かく》したんです**。身体検査《しんたいけんさ》をされても調《しら》べられないであろうある場所《ばしょ》に。その場所《ばしょ》こそが、そこです！」

浩太《こうた》は、青山《あおやま》のおばさんのギプスを指《ゆび》さした。

「あなたは、手《て》と足《あし》につけたギプスの中《なか》に、黄金《おうごん》の双子《ふたご》のフィギュアを隠《かく》しているんだ！」

それを聞《き》き、青山《あおやま》のおばさんは大《おお》きくよろける。彼女《かのじょ》の前《まえ》に間宮刑事《まみやけいじ》たち警察官《けいさつかん》が立《た》つ。

「青山《あおやま》さん、ギプスの中《なか》をチェックさせてくれませんか？」

「え、あ、そ、それは、その……」

青山《あおやま》のおばさんはその場《ば》にくずれおちた。

「ごめんなさいっっ!!」

間宮刑事《まみやけいじ》は青山《あおやま》のおばさんのギプスをはずした。すると、手足《てあし》からそれぞれ黄金《おうごん》のフィギュアが出《で》てきた。

「おお、あった！　娘《むすめ》たちのフィギュアが2体《たい》ともあったぞ!!」

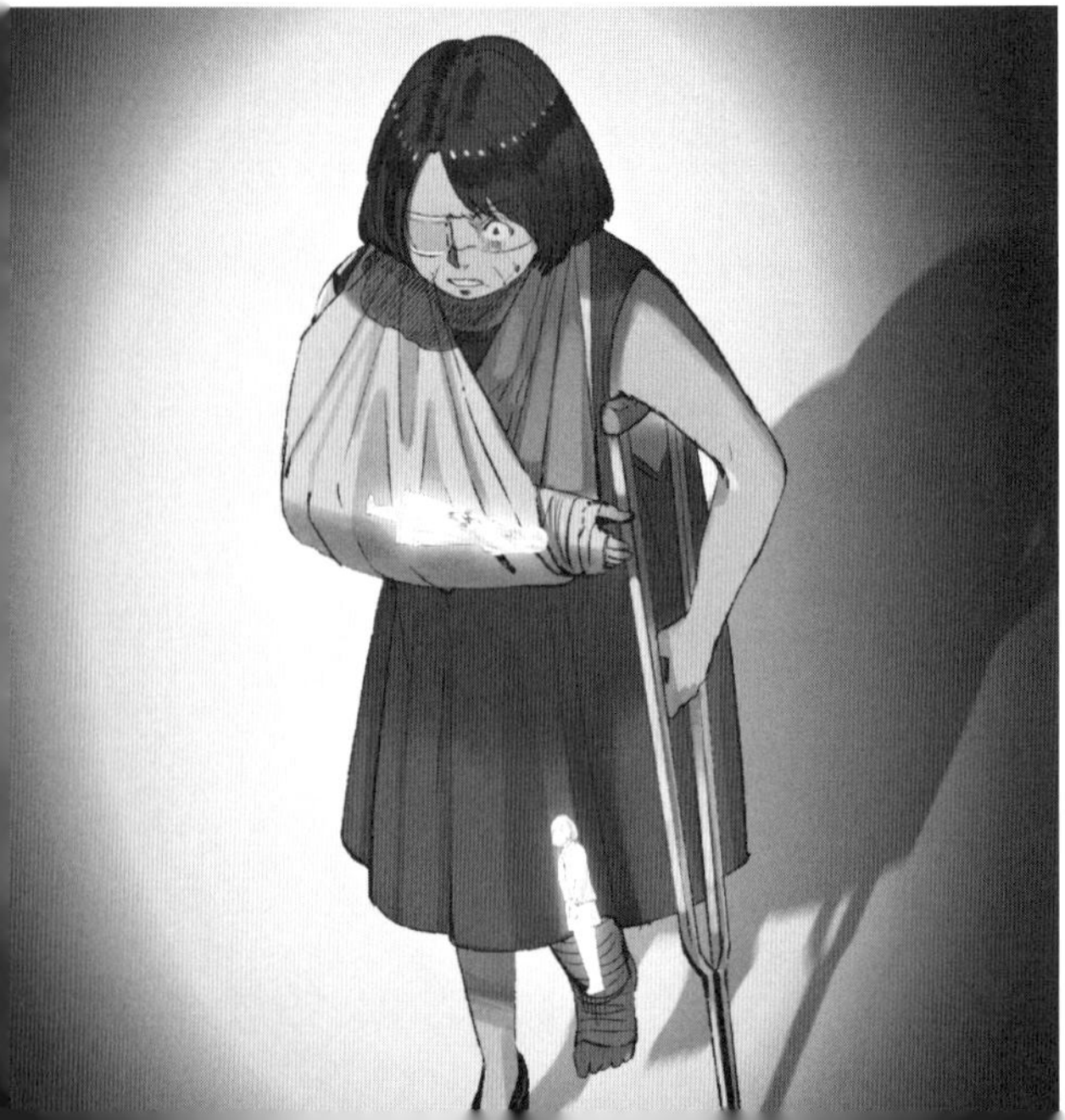

紗希《さき》たちの父親《ちちおや》が興奮《こうふん》して声《こえ》をあげる。紗希《さき》たちは信《しん》じられないといった様子《ようす》だった。

そんな彼《かれ》らにむかって、浩太《こうた》はディティに絶対《ぜったい》言《い》うようにと念《ねん》をおされた決《き》めゼリフを言《い》うことにした。

あきれ顔《がお》になり、軽《かる》く息《いき》をはいた。


「ふ～、この謎《なぞ》は、名探偵《めいたんてい》である僕《ぼく》には簡単《かんたん》すぎたね！」


浩太《こうた》の言葉《ことば》に、みな驚《おどろ》きながらも感心《かんしん》するのだった。

警察《けいさつ》は青山《あおやま》のおばさんの取《と》り調《しら》べを行《おこな》い、なぜこんな事件《じけん》を起《お》こしたのか話《はなし》を聞《き》いた。

青山《あおやま》のおばさんは、謎仮面《なぞかめん》・ブルーローズではなかった。

ブルーローズにおどされ、トリックを行《おこな》うように命令《めいれい》されていただけだったのだ。

先日《せんじつ》、青山《あおやま》のおばさんは車《くるま》に乗《の》っているとき、信号無視《しんごうむし》してしまったのだという。

そのとき、ブルーローズに写真《しゃしん》を撮《と》られ、それをもとに電話《でんわ》でおどされ、協力《きょうりょく》するように言《い》われたのだという。

警察《けいさつ》は、ブルーローズが何者《なにもの》か調《しら》べようとしたが、手《て》がかりはまったくつかめなかった。

おどすときにかけてきた電話《でんわ》も、駅前《えきまえ》にある公衆電話《こうしゅうでんわ》を使《つか》っており、さらに変声器《へんせいき》で声《こえ》を変《か》えていたので、正体《しょうたい》はわからないままだった。

一方《いっぽう》、町《まち》では、ブルーローズのトリックを2回《かい》も解《と》き明《あ》かした浩太《こうた》のことがいっそう話《わ》題《だい》になっていた。

「浩太《こうた》、あなたいつから名探偵《めいたんてい》になったのよ？」

母親《ははおや》は近所《きんじょ》の人《ひと》から浩太《こうた》の活躍《かつやく》を聞《き》き、驚《おどろ》きが隠《かく》せないようだった。

「お前《まえ》、推理《すいり》は苦手《にがて》だったよな？」

父親《ちちおや》も半信半疑《はんしんはんぎ》だ。

「いやあ、それは何《なん》ていうか、たまたまというか、ははは……」

浩太《こうた》は笑《わら》ってごまかす。

ディティのことは親《おや》にも内緒《ないしょ》にしていたので、説明《せつめい》などできるはずがない。

浩太《こうた》は自分《じぶん》の部屋《へや》に戻《もど》ると、大《おお》きなため息《いき》をついた。

「ねえ、ディティ、なんかますますすごいことになってきちゃったんだけど」

浩太《こうた》はスマホの中《なか》のディティにうったえる。有名人《ゆうめいじん》になどなりたくないのに、今《いま》では知《し》らない人《ひと》からも、『名探偵《めいたんてい》AI《アイ》・HARA《ハラ》』と呼《よ》ばれるようになってしまった。

「それは、いいことじゃないカ」

「どこがいいことなんだよ。すごくはずかしいんだからね」

「君《きみ》が有名《ゆうめい》になればなるほど、むこうは腹《はら》を立《た》てているはずだからネ」

「むこう？」

「ブルーローズだヨ」

ディティは、笑《え》みをうかべた。

「ブルーローズは、きっとまた何《なに》かを仕掛《しか》けてくるだろウ。ライバルである名探偵《めいたんてい》AI《アイ》・HARA《ハラ》に勝《か》つためにネ」

「そ、そんな」

浩太《こうた》は戸惑《とまど》いながらも、ディティの言《い》っていることはまちがってないと思《おも》った。

ブルーローズがこのまま黙《だま》っているはずがないのだ。

それは、みごとに的中《てきちゅう》した。


数日後《すうじつご》。ブルーローズは、とんでもない事件《じけん》を起《お》こしたのだ！

第《だい》3話《わ》
対決《たいけつ》！
ブルーローズ!!

◆嫌《いや》な予感《よかん》

「ふウ〜、ごくらくごくらク」

黄金《おうごん》のフィギュア事件《じけん》から1週間《しゅうかん》がすぎた。

浩太《こうた》は自分《じぶん》の部屋《へや》で、充電器《じゅうでんき》に置《お》かれた真《ま》っ白《しろ》なスマホを見《み》ていた。

画面《がめん》の中《なか》で、ディティがくつろいでいる。

「ディティって、充電《じゅうでん》してるとき、いっつも、ごくらくごくらくって言《い》うよね」

ディティはスマホの中《なか》だけに存在《そんざい》するスーパーＡＩ《エーアイ》でＩＱ《アイキュー》５００の名探偵《めいたんてい》だ。

だが妙《みょう》に人間《にんげん》っぽい。

「なんだい、ボクがくつろいじゃいけないのかナ？」

「別《べつ》にそんなことないけど……」

くつろごうか昼寝《ひるね》をしようが文句《もんく》は言《い》えない。なぜなら、ディティはそのすぐれた推理《すいり》力《りょく》によって、今《いま》まで、謎仮面《なぞかめん》・ブルーローズのトリックを2回《かい》も解《と》き明《あ》かしたのだ。

「それにしても、ブルーローズは何者《なにもの》なのかな？」

浩太《こうた》は最近《さいきん》それればかり気《き》になっていた。

ブルーローズは今《いま》まで何度《なんど》か目撃《もくげき》されたことがある。

しかし、ベネチアンマスクをした男《おとこ》ということ以外《いがい》、正体《しょうたい》はまったくわからなかった。

「もしかしたら先週《せんしゅう》の誕生日《たんじょうび》パーティーに、いたかもしれないネ」

ブルーローズにおどされ、フィギュアを盗《ぬす》んだ青山《あおやま》のおばさんは、電話《でんわ》でやりとりをしただけで、1度《ど》もブルーローズには会《あ》っていないらしい。

しかし、**1つ重大《じゅうだい》な証言《しょうげん》をした。**

事件《じけん》のあったとき、紗希《さき》たちの家《いえ》だけが停電《ていでん》になった。

配電盤《はいでんばん》に自動《じどう》タイマーがセットされていたのだ。

青山《あおやま》のおばさんが言《い》うには、あれは彼女《かのじょ》がやったものではないという。

青山《あおやま》のおばさんはブルーローズから、「屋敷《やしき》が停電《ていでん》になるので、その後《ご》、フィギュアを盗《ぬす》みだせ」と言《い》われ、盗《ぬす》む方法《ほうほう》だけを教《おし》えられていたのだ。

パーティーがはじまったとき、警察《けいさつ》は配電盤《はいでんばん》もチェックしていた。そのさい、タイマーなど仕掛《しか》けられていなかった。つまり、ブルーローズ本人《ほんにん》か、青山《あおやま》のおばさんと同《おな》じような協力者《きょうりょくしゃ》が、**パーティーの最中《さいちゅう》にタイマーを仕掛《しか》けたことになる。**

「もし、あのときブルーローズ本人《ほんにん》がいたとしたら……」

浩太《こうた》は想像《そうぞう》するだけでゾッとした。

そのとき、母親《ははおや》が部屋《へや》に駆《か》けこんできた。浩太《こうた》はあわててスマホを隠《かく》した。

「浩太《こうた》、あなた何《なに》やったの!?」

「えっ？　何《なに》って？」

「警察《けいさつ》の人《ひと》がきてるわよ！」

「ええっ？」

何《なん》だか嫌《いや》な予感《よかん》がする。

◆間宮刑事《まみやけいじ》の頼《たの》み

浩太《こうた》の予感《よかん》はみごと的中《てきちゅう》した。

浩太《こうた》はスマホをポケットに入《い》れると、玄関《げんかん》にやってきた。

玄関《げんかん》の外《そと》には、間宮刑事《まみやけいじ》が立《た》っている。

後《うし》ろには、新田刑事《にったけいじ》もいる。

2人《ふたり》ともなぜか、青《あお》ざめた顔《かお》をしていた。

「相原《あいはら》くん、今《いま》ちょっといいかな?」

「はい。どうしたんですか?」

間宮刑事《まみやけいじ》は、玄関《げんかん》の中《なか》に入《はい》ろうとした。しかしその瞬間《しゅんかん》、よろけ、くずれおちそうになる。

「間宮《まみや》さん!」

新田刑事《にったけいじ》があわてて間宮刑事《まみやけいじ》をささえた。

「す、すまない……」

間宮刑事《まみやけいじ》の声《こえ》に力《ちから》がない。風邪《かぜ》でもひいているのだろうか。

「相原《あいはら》くん、今《いま》から署《しょ》にきてほしいんだ」

「署《しょ》って、警察署《けいさつしょ》ですか？」

浩太《こうた》がたずねると、間宮刑事《まみやけいじ》と新田刑事《にったけいじ》は同時《どうじ》にうなずいた。

「ちょっと浩太《こうた》、何《なに》やったの！」

少《すこ》し離《はな》れた場所《ばしょ》から様子《ようす》を見《み》ていた母親《ははおや》が、疑《うたが》いのまなざしをむけてくる。

「何《なに》って、べつに何《なに》もしてないよ」

「だったら、どうして警察署《けいさつしょ》になんか行《い》くのよ⁉」

「お母《かあ》さん、相原《あいはら》くんはほんとに何《なに》も悪《わる》いことしてないっす」

新田刑事《にったけいじ》が母親《ははおや》をおちつかせる。

「我々《われわれ》は相原《あいはら》くんに、名探偵《めいたんてい》としての力《ちから》を借《か》りたいんっす」

「名探偵《めいたんてい》としての力《ちから》?」

母親《ははおや》は浩太《こうた》が名探偵《めいたんてい》AI《アイ》・HARA《ハラ》として有名《ゆうめい》になっていることを知《し》っていたが、「ウチの子《こ》にそんな推理力《すいりりょく》があるわけないじゃない」と笑《わら》って、ただの冗談《じょうだん》だと思《おも》っていた。

「浩太《こうた》、あなた一体《いったい》どうしちゃったのよ?」

「いやあ、まあ、いろいろあって」

今《いま》さらディティを見《み》せるわけにもいかない。

そもそもディティは誰《だれ》にも存在《そんざい》を知《し》られたくないと思《おも》っているのだ。

「心配《しんぱい》しないで。とりあえず、署《しょ》に行《い》ってくるよ」

浩太《こうた》は、間宮刑事《まみやけいじ》たちと出《で》かけることにした。

「協力《きょうりょく》、感謝《かんしゃ》するよ」

車《くるま》の後部座席《こうぶざせき》に乗《の》りこむと、となりに座《すわ》った間宮刑事《まみやけいじ》が言《い》った。

間宮刑事《まみやけいじ》の目《め》はまっ赤《か》に充血《じゅうけつ》していた。

「もしかして寝《ね》てないんですか?」

以前《いぜん》、智彦《ともひこ》とショッピングモールで会《あ》ったとき、間宮刑事《まみやけいじ》の休《やす》みが急《きゅう》になくなったと言《い》っていた。今《いま》も仕事《しごと》でいそがしいのだろうか。

すると、間宮刑事《まみやけいじ》が口《くち》を開《ひら》いた。

「大変《たいへん》なことが起《お》きてしまったんだ——智彦《ともひこ》が、誘拐《ゆうかい》された」

「ゆ、誘拐《ゆうかい》!?」

浩太《こうた》は思《おも》わず大《おお》きな声《こえ》を出《だ》した。

「誘拐《ゆうかい》ってどういうことですか?」

浩太《こうた》は間宮刑事《まみやけいじ》にたずねた。

「そ、それは……」

間宮刑事《まみやけいじ》はうろたえている。そんな彼《かれ》を見《み》かねて、運転《うんてん》をしていた新田刑事《にったけいじ》が話《はなし》をした。

「くわしいことは署《しょ》に着《つ》いてから言《い》うよ。間宮刑事《まみやけいじ》も気《き》を強《つよ》くもってくださいっす」

「あ、ああ、わかってる。わかってるんだが……」

あれほど頼《たの》もしい間宮刑事《まみやけいじ》が弱々《よわよわ》しく見《み》える。智彦《ともひこ》が誘拐《ゆうかい》されて動揺《どうよう》しているのだ。

そのとき、ポケットの中《なか》のスマホが震《ふる》えた。

間宮刑事《まみやけいじ》たちに見《み》えないように、浩太《こうた》はこっそりとスマホをポケットから出《だ》す。

すると、ディティの横《よこ》に『**もしかするト**』とふきだしが表示《ひょうじ》されていた。

「もしかすると、って何《なに》？」

小声《こごえ》で聞《き》くと、新《あたら》しいふきだしがあらわれる。

『**これは、ブルーローズが関係《かんけい》しているのかモ**』

「えっ？」

浩太《こうた》は戸惑《とまど》う。

(どうしてブルーローズが、智彦《ともひこ》くんの誘拐《ゆうかい》と……？)

浩太《こうた》はそう思《おも》いながら、ハッとした。

「まさか、智彦《ともひこ》くんを誘拐《ゆうかい》したのは――ブルーローズ！」

瞬間《しゅんかん》、間宮刑事《まみやけいじ》と新田刑事《にったけいじ》の顔《かお》がピクンと反応《はんのう》した。

「もうすぐ署《しょ》だ。そのことはそこでくわしく話《はな》すよ」

間宮刑事《まみやけいじ》はまっすぐ前《まえ》をむいたまま、つぶやくように言《い》った。

浩太《こうた》はあせりながらも、「はい」と答《こた》えるしかなかった。

やがて、警察署《けいさつしょ》に到着《とうちゃく》し、浩太《こうた》は間宮刑事《まみやけいじ》たちとともに部屋《へや》に入《はい》る。

そこにはすでに大勢《おおぜい》の警察官《けいさつかん》たちが集《あつ》まっていた。

「相原《あいはら》くん、君《きみ》を呼《よ》んだのはほかでもない。これを見《み》てほしいんだ」

間宮刑事《まみやけいじ》は、部下《ぶか》から何《なに》かを受《う》けとると、それを浩太《こうた》に見《み》せた。

封筒《ふうとう》だ。その表《おもて》には、『謎仮面《なぞかめん》・ブルーローズより』と書《か》かれていた。

「まさか予告状《よこくじょう》ですか!?」

浩太《こうた》が声《こえ》をあらげると、間宮刑事《まみやけいじ》は小《ちい》さくうなずいた。

「封筒《ふうとう》にはＵＳＢ《ユーエスビー》メモリーが１つだけ入《はい》っていたよ」

ＵＳＢ《ユーエスビー》メモリーとは、データを記録《きろく》できる持《も》ちはこび用《よう》の装置《そうち》だ。

間宮刑事《まみやけいじ》はそれを、そばの机《つくえ》の上《うえ》にあったパソコンに取《と》りつけ、画面《がめん》をこちらにむけた。


そこには、信《しん》じられない映像《えいぞう》が映《うつ》っていた。

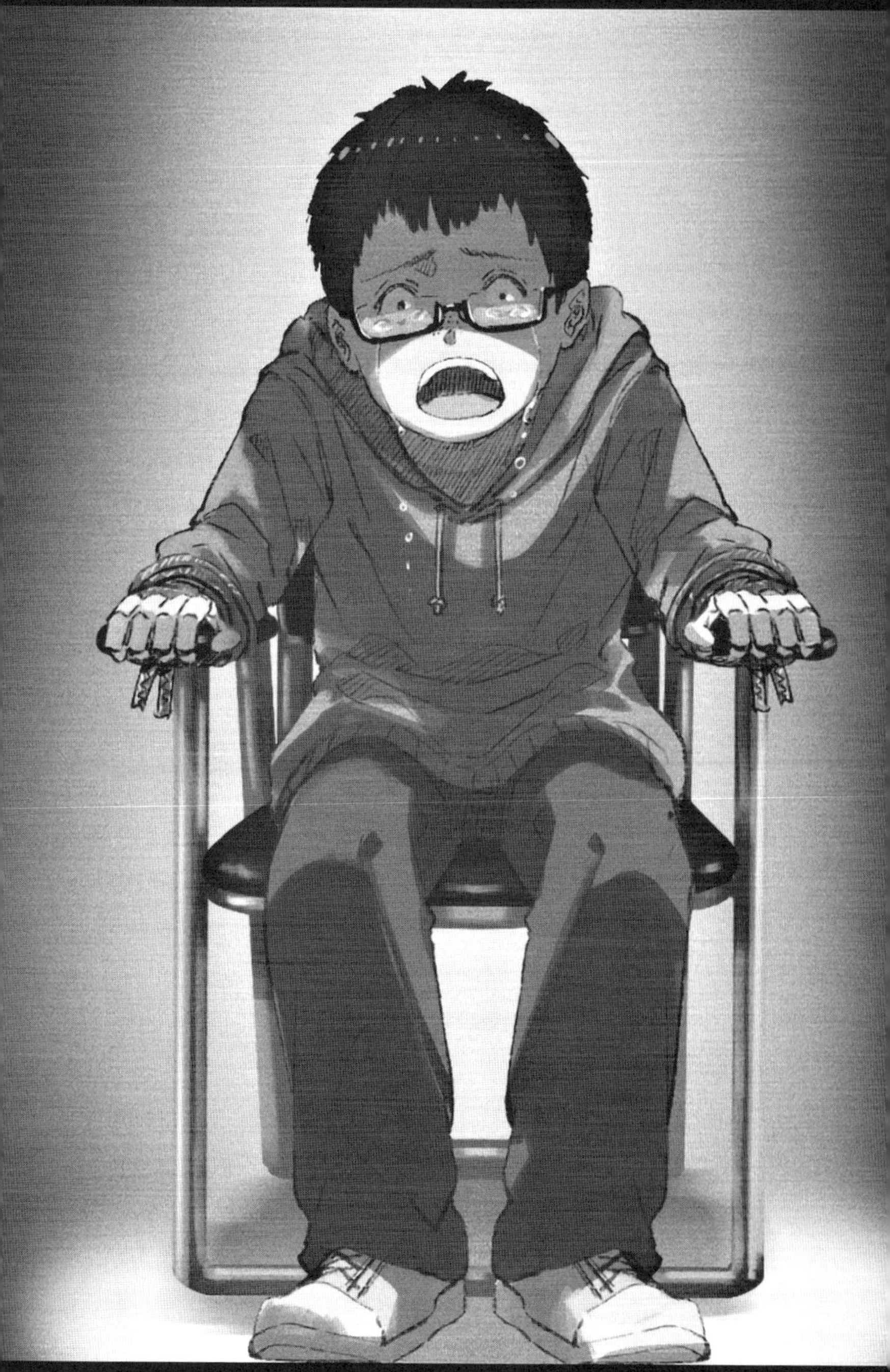

そこは薄暗《うすぐら》い倉庫《そうこ》のような部屋《へや》だ。

智彦《ともひこ》はイスに座《すわ》っており、その両手《りょうて》は縄《なわ》で肘掛《ひじかけ》にしばりつけられている。

「助《たす》けて、浩太《こうた》くん！　お父《とう》さん！」

智彦《ともひこ》はカメラのほうを見《み》ながら、必死《ひっし》にうったえていた。

「智彦《ともひこ》くん！」

浩太《こうた》は画面《がめん》にむかって叫《さけ》んだが、反応《はんのう》はしない。USB《ユーエスビー》に記録《きろく》された録画映像《ろくがえいぞう》なのだ。

そのとき、ポケットの中《なか》が震《ふる》えた。ハッとして見《み》ると、ディティは深刻《しんこく》な表情《ひょうじょう》になっていた。

『ボクにも映像《えいぞう》を見《み》せテ』

浩太《こうた》はみんなに気《き》づかれないように、スマホの画面《がめん》をパソコンのほうにむけた。

「相原《あいはら》くん、問題《もんだい》はこの後《あと》なんだ。よく見《み》ておいてほしい」

すでに映像《えいぞう》を何度《なんど》も見《み》たであろう間宮刑事《まみやけいじ》が、パソコンの画面《がめん》を凝視《ぎょうし》したまま言《い》う。

すると画面《がめん》に、智彦《ともひこ》をさえぎるように、誰《だれ》かが立《た》った。

ベネチアンマスクをした男《おとこ》――謎仮面《なぞかめん》・ブルーローズだ。

「名探偵《めいたんてい》AI《アイ》・HARA《ハラ》くん。智彦《ともひこ》くんを返《かえ》してほしければ、私《わたし》の考《かんが》えた3つの暗号《あんごう》を解《と》くがいい」

「3つの暗号《あんごう》？」

「暗号《あんごう》の答《こた》えは、すべてこの町《まち》の中《なか》にある。制限時間《せいげんじかん》は今日《きょう》の夕方《ゆうがた》5時《じ》までだ」

浩太《こうた》は部屋《へや》にある時計《とけい》を確認《かくにん》する。今《いま》は昼《ひる》の1時《じ》。**あと4時間《じかん》しかない。**

「1つ目《め》の暗号《あんごう》は、これだ！」

映像《えいぞう》の中《なか》のブルーローズが、指《ゆび》をパチンと鳴《な》らした。

すると画面《がめん》に、『橋《はし》』という文字《もじ》が表示《ひょうじ》され、まわりに無数《むすう》のひらがなが飛《と》んできた。

次《つぎ》の瞬間《しゅんかん》、飛《と》んできたひらがなのいくつかが、『橋《はし》』という文字《もじ》の前後《ぜんご》で止《と》まり、文章《ぶんしょう》になった。

『にじにかかる橋《はし》へいけ』

どうやらこれが1つ目《め》の暗号《あんごう》のようだ。

「ど、どういうこと？」

まったくわからない。

浩太《こうた》が戸惑《とまど》っていると、画面《がめん》に、ブルーローズがふたたびあらわれた。

「もし、夕方《ゆうがた》5時《じ》までに3つの暗号《あんごう》を解《と》くことができなければ、智彦《ともひこ》くんとは2度《ど》と会《あ》うことができなくなるだろう。名探偵《めいたんてい》AI《アイ》・HARA《ハラ》くん。そして警察《けいさつ》のみなさん。せいぜい悩《なや》んで暗号《あんごう》の謎《なぞ》を考《かんが》えるんだね。はーっはっはっはっは！」

ブルーローズの高笑《たかわら》いが響《ひび》くなか、映像《えいぞう》が消《き》えた。

間宮刑事《まみやけいじ》が浩太《こうた》を見《み》つめた。

「頼《たの》む、息子《むすこ》を助《たす》けてくれ！」

充血《じゅうけつ》した目《め》に涙《なみだ》がにじんでいる。

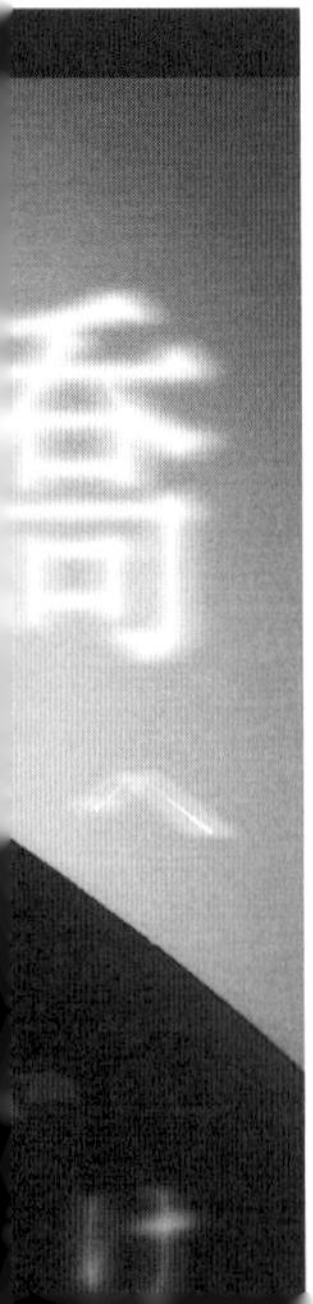

「間宮刑事《まみやけいじ》……」

まさか、智彦《ともひこ》が誘拐《ゆうかい》とは……。

しかし、答《こた》えは決《き》まっている。

「僕《ぼく》、絶対《ぜったい》に智彦《ともひこ》くんを助《たす》けます！」

◆1つ目《め》の暗号《あんごう》

間宮刑事《まみやけいじ》は、名探偵《めいたんてい》AI《アイ》・HARA《ハラ》の推理力《すいりりょく》に期待《きたい》しているようだ。

暗号《あんごう》がわかったわけではない。

だが、浩太《こうた》は怖《こわ》がっている場合《ばあい》ではないと思《おも》った。友達《ともだち》の危機《きき》なのだ。

「本来《ほんらい》、こんな大変《たいへん》なことを君《きみ》に頼《たの》むべきではないと思《おも》うのだが……」

間宮刑事《まみやけいじ》はそれ以上言葉《いじょうことば》が出《で》てこない。代《か》わりに新田刑事《にったけいじ》が続《つづ》けた。

「警察《けいさつ》でも必死《ひっし》に暗号《あんごう》を解《と》こうとしたんだ。だけど、全然解《ぜんぜんと》くことができなくて」

そのため、浩太《こうた》を呼《よ》んだのだろう。その期待《きたい》に応《こた》えなければならない。

（だけど、『**虹《にじ》にかかる橋《はし》**』ってどこなんだろう？）

浩太《こうた》は間宮刑事《まみやけいじ》たちに背《せ》をむけると、スマホの中《なか》に「わかる？」と小声《こごえ》でたずねた。

だが、ディティは首《くび》を横《よこ》にふった。

「ブルーローズは、すべての答《こた》えはこの町《まち》の中《なか》にあると言《い》っていタ。だけど、ネットで調《しら》べても、この町《まち》の中《なか》に、『虹《にじ》にかかる橋《はし》』に関係《かんけい》しそうな橋《はし》も、場所《ばしょ》も、なさそうだネ」

「だよね……」

浩太《こうた》はずっとこの町《まち》で住《す》んでいるが、そんな橋《はし》は聞《き》いたことがなかった。

「とにかく、探《さが》さなきゃ」

浩太《こうた》は部屋《へや》を出《で》ていこうとした。

「待《ま》つんだ」

声《こえ》を発《はっ》したのは間宮刑事《まみやけいじ》だ。

「私《わたし》も一緒《いっしょ》に行《い》くよ」

「え？　ええっと、それは……」

正直《しょうじき》、誰《だれ》かがいるとディティと話《はな》しにくい。しかし、断《ことわ》ることはできなさそうだった。

「わかりました。行《い》きましょう」

間宮刑事《まみやけいじ》は大《おお》きくうなずくと、新田刑事《にったけいじ》たちに引《ひ》き続《つづ》き捜査《そうさ》をするよう指示《しじ》を出《だ》し、浩《こう》太《た》とともに部屋《へや》を出《で》ていった。


浩太《こうた》たちは警察署《けいさつしょ》を出《で》ると、近《ちか》くの川《かわ》にむかった。

そこには、この町《まち》でいちばん大《おお》きな橋《はし》があった。

『橋《はし》』という文字《もじ》がある以上《いじょう》、手《て》がかりは橋《はし》にあるはずだ。

浩太《こうた》たちは橋《はし》を調《しら》べてみることにした。

だが、いくら調《しら》べても手《て》がかりはまったく見《み》つからなかった。

「そんな……」

ほかの橋《はし》を調《しら》べるにしても数《かず》が多《おお》い。夕方《ゆうがた》5時《じ》までには間《ま》に合《あ》いそうになかった。

「浩太《こうた》くん、何《なに》をしてるの？」

ふと、河川敷《かせんじき》の歩道《ほどう》のほうから声《こえ》がした。

見《み》ると、優希《ゆき》と紗希《さき》がいる。どこかに出《で》かける途中《とちゅう》のようだ。

「そうだ。紗希《さき》ちゃんたちにも協力《きょうりょく》してもらえれば！」

事態《じたい》は一刻《いっこく》を争《あらそ》う。協力者《きょうりょくしゃ》は多《おお》いほうがいい。

浩太《こうた》は間宮刑事《まみやけいじ》に了解《りょうかい》をもらうと、２人《ふたり》に智彦《ともひこ》が誘拐《ゆうかい》されたことを話《はな》した。

「えええ！　誘拐《ゆうかい》!!」

紗希《さき》と優希《ゆき》は同時《どうじ》に大《おお》きな声《こえ》を出《だ》した。

「き、君《きみ》たち、あまり大《おお》きな声《こえ》を出《だ》しちゃだめだ。このことはまだ一部《いちぶ》の関係者《かんけいしゃ》しか知《し》らないことだから」

「ごめんなさい」

「だけど、誘拐《ゆうかい》なんて、ブルーローズはなんておそろしいんですの」

「早《はや》く智彦《ともひこ》くんを救《すく》いださなきゃ。浩太《こうた》くん、私《わたし》たちも力《ちから》になるわ！」

「ありがとう、紗希《さき》ちゃん！　優希《ゆき》ちゃん！」

これほど心強《こころづよ》いものはない。だが、２人《ふたり》も、『**虹《にじ》にかかる橋《はし》**』は知《し》らないようだった。

「ここの橋《はし》はもう調《しら》べたのよね？」

「うん、それらしいものは何《なに》もなかったよ」

「ほかの橋《はし》ということかしら？」

「だけど、全部《ぜんぶ》の橋《はし》を調《しら》べていたら、タイムリミットの5時《じ》なんてすぐにきちゃうわよ」

やみくもに探《さが》しているだけでは、暗号《あんごう》は解《と》けそうにない。

「虹《にじ》といえば、雨《あめ》あがりによく見《み》えますわよね？」

浩太《こうた》は空《そら》を見《み》あげた。

「だけど、今日《きょう》は朝《あさ》からいい天気《てんき》だよ」

「ですわね。だから私《わたし》たち、イベントに行《い》こうと思《おも》ったんですもの」

「イベント？　何《なに》かあるの？」

「これから、この河川敷《かせんじき》を少《すこ》し上流《じょうりゅう》に行《い》った場所《ばしょ》で、『和船《わせん》のイベント』があるんですの」

「わせん？」

「和船《わせん》というのは木製《もくせい》の小《ちい》さな船《ふね》のことですわ」

紗希《さき》に続《つづ》いて、優希《ゆき》が言《い》う。

「この町《まち》では昔《むかし》、渡《わた》し船《ぶね》の文化《ぶんか》があったんだって」

「わたしぶね？」

「川《かわ》と川《かわ》を渡《わた》るときに船《ふね》を使《つか》うの。橋《はし》がない場《ば》所《しょ》では、昔《むかし》は船《ふね》を橋《はし》の代《か》わりに使《つか》ってたのよ」

「あと10分《ぷん》ぐらいで、その渡《わた》し船《ぶね》に乗《の》れるイベントがはじまるんですわ」

「10分《ぷん》……。2時《じ》からってことか」

間宮刑事《まみやけいじ》は腕時計《うでどけい》を見《み》ながら言《い》った。

そのとき、浩太《こうた》のポケットの中《なか》が震《ふる》えた。

浩太《こうた》はみんなにバレないようにスマホ

を取《と》りだすと、ディティがしゃべった。

「今《いま》すぐイベントに行《い》くんダ」

「どういうこと？　もしかして渡《わた》し船《ぶね》に乗《の》りたいの？」

「そうじゃなイ！　暗号《あんごう》の答《こた》えは、そこにあル！」

「えええ？？」

「浩太《こうた》くん、どうしたの？」

突然大声《とつぜんおおごえ》をあげた浩太《こうた》に、優希《ゆき》たちが驚《おどろ》いた。

「えっ、あ、ええっと、その」

浩太《こうた》はスマホを隠《かく》しながら、苦笑《にがわら》いをうかべて、みなを見《み》た。

「**暗号《あんごう》の答《こた》えがわかって、つい興奮《こうふん》しちゃって**」

「なんだって!?」

間宮刑事《まみやけいじ》が浩太《こうた》につめよった。

「答《こた》えは何《なん》なんだね？」

「それは、ええっと」

そこまではディティから聞《き》いていない。

「とりあえず、渡《わた》し船《ぶね》のイベントに行《い》きましょう。そこに答《こた》えがあるはずです！」

浩太《こうた》は紗希《さき》たちに「案内《あんない》して」と言《い》った。

やがて、浩太《こうた》たちは、イベント会場《かいじょう》にやってきた。

2時《じ》ちょうどだ。

河川敷《かせんじき》には和船《わせん》が何艘《なんそう》もとまっていて、大勢《おおぜい》の人《ひと》たちでにぎわっている。

間宮刑事《まみやけいじ》は会場《かいじょう》を見《み》まわした。

「それで、このイベントと、『虹《にじ》にかかる橋《はし》』という暗号《あんごう》は、何《なん》の関係《かんけい》があるんだね？」

「それはええっと……」

浩太《こうた》はへたな咳払《せきばら》いをしながら、スマホの画面《がめん》を盗《ぬす》み見《み》ると、ぐっと目《め》を見開《みひら》いた。

「そうか、そういうことか！」

「浩太《こうた》さん、何《なん》ですの？」

「早《はや》く教《おし》えて！　智彦《ともひこ》くんを助《たす》けなきゃ！」

「わかってる。1つ目《め》の暗号《あんごう》は、まさに、この場所《ばしょ》のことを言《い》ってたんだ！」

浩太《こうた》はディティが表示《ひょうじ》した答《こた》えを伝《つた》えた。

「僕《ぼく》たちは大《おお》きなかんちがいをしていたんです。それは、暗号《あんごう》に書《か》かれていたひらがなの『にじ』を、『虹《にじ》』だと思《おも》ってしまっていたということです」

「にじは、虹《にじ》じゃないのかい？」

「はい！『にじ』は『虹《にじ》』ではなく、『2時《じ》』のことだったんです！」

浩太《こうた》は川《かわ》を指《ゆび》さした。そこには、渡《わた》し船用《ぶねよう》の和船《わせん》がある。

「渡《わた》し船《ぶね》は橋《はし》の代《か》わりに利用《りよう》されていました。つまり、『にじにかかる橋《はし》』というのは、『2時《じ》にかかる橋《はし》』、イベントで使《つか》われる船《ふね》のことだったんです！」

「なるほど！」

間宮刑事《まみやけいじ》は和船《わせん》のほうへ走《はし》る。そしてくまなく船《ふね》を調《しら》べた。

すると、1艘《そう》の和船《わせん》の中《なか》に封筒《ふうとう》が隠《かく》されるように置《お》かれているのを発見《はっけん》した。

◆2つ目《め》の暗号《あんごう》

「相原《あいはら》くん！　あったぞ！」

それはブルーローズからの手紙《てがみ》だった。

「ほんとに手紙《てがみ》があったわ！」

「浩太《こうた》さん、すごいですわ！」

「う、うん！」

ディティの推理《すいり》がみごとに当《あ》たった。

浩太《こうた》はうれしくて笑顔《えがお》になりそうだったが、すぐに首《くび》を横《よこ》にふった。

今《いま》は笑《わら》っている場合《ばあい》ではないのだ。

「間宮刑事《まみやけいじ》！　手紙《てがみ》には何《なん》て書《か》かれているんですか？」

夕方《ゆうがた》5時《じ》までに、ブルーローズの出《だ》した3つの暗号《あんごう》を解《と》かなければ智彦《ともひこ》を救《すく》うことはできない。**残《のこ》りあと3時間《じかん》だ。**

間宮刑事《まみやけいじ》は封筒《ふうとう》を開《あ》けると、中《なか》の手紙《てがみ》を見《み》た。

『黒《くろ》い大《おお》きな3本《ぼん》の棒《ぼう》が1つになるとき、その1つが消《き》える箱《はこ》の中《なか》に、次《つぎ》の暗号《あんごう》を残《のこ》す』

そう書《か》かれていた。

「黒《くろ》い大《おお》きな3本《ぼん》の棒《ぼう》が1つに？」

「その1つが消《き》える箱《はこ》の中《なか》っていうのも、まったく謎《なぞ》ですわね？」

「相原《あいはら》くん、わかるかい？」

浩太《こうた》にみなの視線《しせん》が集《あつ》まる。

「それはええっと……」

浩太《こうた》にもさっぱりわからない。

スマホの画面《がめん》を見《み》ると、ディティの横《よこ》にふきだしが表示《ひょうじ》されていた。

『ボクにもこのヒントだけではまだわからないネ』

「そんな〜」

「浩太《こうた》くん、どうしたの？」

「え、いや、ちょっと暗号《あんごう》について考《かんが》えてたんだけど、このヒントだけじゃまだわからないかも」

「うむ、それはそうだな。まずは町《まち》の中《なか》にある『黒《くろ》い大《おお》きな3本《ぼん》の棒《ぼう》』を探《さが》すしかないだろう」

「そ、そうですね！　それがいちばん早《はや》いかも！」

ここにいてもしかたがない。一同《いちどう》はさっそく行動《こうどう》を開始《かいし》した。

浩太《こうた》たちは町中《まちじゅう》を探《さが》す。

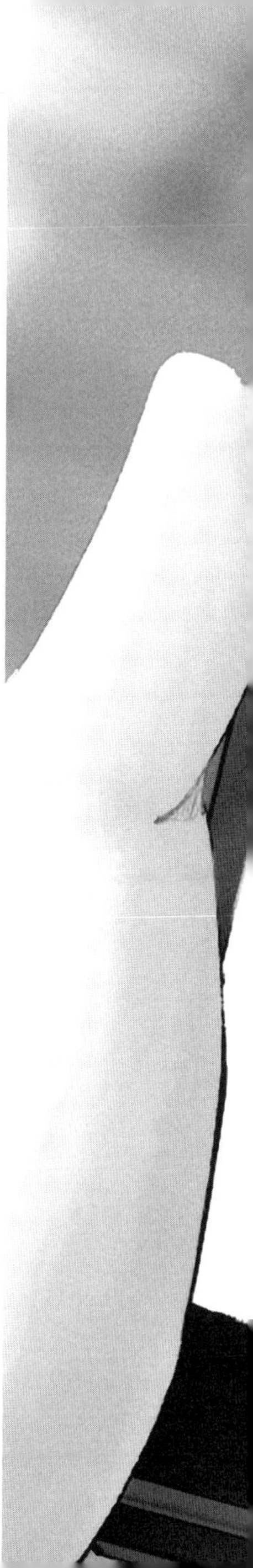

間宮刑事《まみやけいじ》は新田刑事《にったけいじ》に連絡《れんらく》し、彼《かれ》らと手分《てわ》けして探《さが》すことになった。

10分《ぷん》がたち、20分《ぷん》がたち、30分《ぷん》がたった。

しかし、浩太《こうた》たちも、新田刑事《にったけいじ》たちも、なかなか**『黒《くろ》い大《おお》きな3本《ぼん》の棒《ぼう》』**を見《み》つけることができなかった。

「大《おお》きな木《き》のことかな？」

浩太《こうた》たちは公園《こうえん》にある林《はやし》にやってくるが、それらしいものはない。

「棒高跳《ぼうたかと》びの棒《ぼう》も大《おお》きいというか長《なが》いわよ」

浩太《こうた》たちは自分《じぶん》たちの学校《がっこう》へやってくるが、やはりちがうようだ。


3時《じ》になった。**残《のこ》り2時間《じかん》。**


「このままじゃ、夕方《ゆうがた》の5時《じ》になっちゃうよ……」

棒高跳《ぼうたかと》びの棒《ぼう》を調《しら》べおえた浩太《こうた》たちは、体育倉庫《たいいくそうこ》の前《まえ》で呆然《ぼうぜん》と立《た》ちつくしてしまった。

「どうすればいいんですの？」

「ほかに黒《くろ》い大《おお》きな3本《ぼん》の棒《ぼう》なんて、何《なに》かあったかな？」

紗《さ》希《き》と優《ゆ》希《き》は必死《ひっし》に記《き》憶《おく》の中《なか》を探《さぐ》るが、何《なに》も思《おも》いだせない。

それは、浩《こう》太《た》と間《ま》宮《みや》刑《けい》事《じ》も同《おな》じだった。

浩《こう》太《た》はこっそりスマホの中《なか》のディティを見《み》た。

「ねえ、ネットにつながってるんでしょ？　何《なに》か見《み》つかった？」

「いや、いろいろネットを調《しら》べているけど、それらしいものは見《み》つからないネ」

ネットを駆《く》使《し》しても、答《こた》えはわからないようだ。

すると、そんな浩《こう》太《た》たちのもとへひとりの人《じん》物《ぶつ》がやってきた。

「相《あい》原《はら》、ここにいたんだな」

担《たん》任《にん》の風《かざ》間《ま》先《せん》生《せい》だ。

「間《ま》宮《みや》さん、私《わたし》たちも微《び》力《りょく》ながら力《ちから》になります！」

風《かざ》間《ま》先《せん》生《せい》をはじめとする学《がっ》校《こう》の先《せん》生《せい》たちも、今《こん》回《かい》の事《じ》件《けん》のことを警《けい》察《さつ》から聞《き》いていた。

そして少《すこ》しでも力《ちから》になろうと、町《まち》に出《で》て、『黒《くろ》い大《おお》きな3本《ぼん》の棒《ぼう》』を探《さが》していたという。

「風《かざ》間《ま》先《せん》生《せい》、ありがとうございます……」

間宮刑事《まみやけいじ》は深々《ふかぶか》と頭《あたま》をさげた。

「よしてください。これはあなただけの問題《もんだい》ではありません。智彦《ともひこ》くんは私《わたし》たちの学校《がっこう》の児童《じどう》でもあるんです。必《かなら》ず救《すく》いだしましょう！」

その言葉《ことば》に、間宮刑事《まみやけいじ》は大《おお》きくうなずく。

みんなが智彦《ともひこ》を助《たす》けるために全力《ぜんりょく》をつくしていた。

「だけど、相原《あいはら》、先生《せんせい》も答《こた》えが全然《ぜんぜん》わからないんだ。さっきまで２つ煙突《えんとつ》のあたりで探《さが》してたんだけどねえ」

「２つ煙突《えんとつ》というのは何《なん》だイ？」

突然《とつぜん》、ディティがしゃべった。

「ん？　今《いま》の相原《あいはら》が言《い》ったのか？」

「なんか声《こえ》ちがったわよね？」

「以前《いぜん》も同《おな》じような声《こえ》を聞《き》いたことがありますわ」

「えっ、あ、ええっと、ちょっと風邪《かぜ》をひいてて。って、そんなことより、２つ煙突《えんとつ》って『**不思議煙突**《ふしぎえんとつ》』のことですよね？」

浩太《こうた》はディティにもわかるように、不思議煙突《ふしぎえんとつ》のことを説明《せつめい》した。

町《まち》はずれに工場《こうじょう》があり、３本《ぼん》の煙突《えんとつ》が並《なら》んでいる。

それが場所《ばしょ》によって重《かさ》なって見《み》え、２本《ほん》に見《み》えたり、１つに見《み》えたりするのだ。

風間先生《かざませんせい》の言《い》っていた2つ煙突《えんとつ》の場所《ばしょ》というのは、煙突《えんとつ》が２つに見《み》える、学校近《がっこうちか》くの大《おお》通《どお》りの交差点《こうさてん》あたりのことだった。

「あのあたりもチェックしたってことかぁ」

浩太《こうた》はつぶやく。

すると突然《とつぜん》、スマホが震《ふる》えた。

ディティの横《よこ》に、想像《そうぞう》もしていなかった言葉《ことば》が表示《ひょうじ》されている。

浩太《こうた》はそれを見《み》て息《いき》をのんだ。

◆「黒《くろ》い」の意味《いみ》？

「2つ目《め》の暗号《あんごう》の答《こた》えは、『不思議煙突《ふしぎえんとつ》』だって??」

その声《こえ》に、みなが反応《はんのう》する。

「それはどういうことだね？」

「暗号《あんごう》が解《と》けたんですの？」

「相原《あいはら》、もしかして先生《せんせい》、すごいヒントを言《い》っちゃったのか？」

「浩太《こうた》くん、早《はや》く答《こた》えを教《おし》えて！」

「それはええっと……」

ディティはすでにその答《こた》えを表示《ひょうじ》していた。浩太《こうた》はそれを伝《つた》えた。

「暗号《あんごう》にあった『大《おお》きな3本《ぼん》の棒《ぼう》』とは不思議煙突《ふしぎえんとつ》のことだったんです。そして、**『棒《ぼう》が1つになる』というのは、煙突《えんとつ》の数《かず》が1つに見《み》えるところをさしてたんです**」

「煙突《えんとつ》の数《かず》……。なるほど！　不思議煙突《ふしぎえんとつ》なら、３つが１つになることもあるということか！」

「浩太《こうた》さん、すごいですわ！　１つ煙突《えんとつ》の場所《ばしょ》はたしか……」

「紗希《さき》、あそこよ！　ベーカリー商店街《しょうてんがい》！」

「そうだったですわ！」

それは、不思議煙突《ふしぎえんとつ》のそばにある小《ちい》さな商店街《しょうてんがい》だ。

なぜかそこにはパン屋《や》が５軒《けん》もあり、町《まち》の人々《ひとびと》からは、「ベーカリー商店街《しょうてんがい》」とか「パン天国《てんごく》」と呼《よ》ばれていた。

「今《いま》すぐ行《い》こう！」

浩太《こうた》たちは、その場所《ばしょ》へとむかった。

５分《ふん》とかからずに、浩太《こうた》たちは商店街《しょうてんがい》に到着《とうちゃく》した。

煙突《えんとつ》のほうを見《み》ると、煙突《えんとつ》は１本《ぽん》に見《み》える。

しかし、煙突《えんとつ》を見《み》た間宮刑事《まみやけいじ》が大《おお》きく首《くび》をひねった。

「相原《あいはら》くん、ほんとにこの煙突《えんとつ》が、暗号《あんごう》の答《こた》えなのかね？」

「どういうことですか？」

暗号《あんごう》に書《か》かれていたとおり、大《おお》きな3本《ぼん》の棒《ぼう》が1つになっている。

「たしかに1つにはなっている。だが、『黒《くろ》い』という部分《ぶぶん》はどこにあるんだね？」

「あっ！」

煙突《えんとつ》は赤《あか》と白《しろ》のしましま模様《もよう》で、黒《くろ》などではなかった。

「もしかして、これじゃないのかな……」

ディティの推理《すいり》ははずれたのだろうか。

すると、ポケットの中《なか》のスマホが震《ふる》えた。画面《がめん》では、ディティが自信満々《じしんまんまん》の表情《ひょうじょう》をうかべている。

「このスーパーAI《エーアイ》のボクが、推理《すいり》をまちがえると思《おも》っているのかイ？」

ディティはそう言《い》うと、画面《がめん》の中《なか》から、浩太《こうた》のほうを指《ゆび》さした。

「後《うし》ろを見《み》るんダ。君《きみ》にも『黒《くろ》い』の意味《いみ》がわかるはずダ」

「後《うし》ろ……？」

浩太《こうた》は戸惑《とまど》いながらも、言《い》われたとおりに後《うし》ろをふりかえった。

次《つぎ》の瞬間《しゅんかん》、浩太《こうた》はハッとした。

「そうか、そういうことか！」

ディティが何《なに》を指《ゆび》さしたのか気《き》づいた。

それは「影《かげ》」である。浩太《こうた》の背後《はいご》の地面《じめん》に1つ煙突《えんとつ》の影《かげ》がのびていた。

「つまり、『黒《くろ》い』というのは、影《かげ》のことだったんだ！」

それを聞《き》き、紗希《さき》たちはいっせいに影《かげ》を見《み》た。

「ほんとですわ！　たしかに影《かげ》は黒《くろ》いですわね！」

「あとは『その1つが消《き》える箱《はこ》の中《なか》に、次《つぎ》の暗号《あんごう》を残《のこ》す』の謎《なぞ》を解《と》き明《あ》かせばいいのね！」

浩太《こうた》たちは影《かげ》を見《み》つめた。

影《かげ》が消《き》える場所《ばしょ》、つまり、影《かげ》の先端《せんたん》に暗号《あんごう》を入《い》れた箱《はこ》があるはずだ。

しかし、影《かげ》の先端《せんたん》を見《み》ても、箱《はこ》らしきものはない。

あるのは、電話《でんわ》ボックスだけだ。

「そんな！　どうして箱《はこ》がないんだ？」

浩太《こうた》が戸惑《とまど》っていると、間宮刑事《まみやけいじ》が「あっ！」と声《こえ》をあげた。

「相原《あいはら》くん、箱《はこ》ならちゃんとあるぞ！」

間宮刑事《まみやけいじ》は、電話《でんわ》ボックスを見《み》つめた。

「電話《でんわ》ボックスは、『**電話《でんわ》を置《お》いている箱《はこ》**』じゃないか！」

「そっか！　そうですね！」

浩太《こうた》はあわてて電話《でんわ》ボックスに駆《か》けこんだ。

「ああ！」

電話《でんわ》ボックスの棚《たな》に、何《なに》かが置《お》かれている。手《て》に取《と》ると、それは封筒《ふうとう》だ。

「間宮刑事《まみやけいじ》！　ありました！」

「よし、次《つぎ》の暗号《あんごう》が書《か》かれているんだな！」

間宮刑事《まみやけいじ》は封筒《ふうとう》を受《う》けとると、手紙《てがみ》を取《と》りだそうとした。

「ん？」

しかし、封筒《ふうとう》の中《なか》に手紙《てがみ》が入《はい》っていない。代《か》わりに、1枚《まい》の写真《しゃしん》だけが入《はい》っていた。

「なんだこれは……？」

写真《しゃしん》には、犬《いぬ》の散歩《さんぽ》をしているおじさんが、たこ焼《や》きを買《か》っているところが写《うつ》っている。

写真《しゃしん》にはいくつか文字《もじ》が記《しる》されていた。

たこ焼《や》き屋《や》に『スタート』
店主《てんしゅ》に『1番目《ばんめ》』
おじさんに『2番目《ばんめ》』
その横《よこ》に**『方角《ほうがく》、メートルの数《かず》』**という文字《もじ》
さらにその横《よこ》に、**『鶏《にわとり》＝2メートル、蛙《かえる》＝4メートル』**

Case :3

対決!　ブルーローズ!!

「何《なん》なのこれ……？」

浩太《こうた》たちはまったく意味《いみ》がわからなかった。

スマホの中《なか》のディティも腕《うで》をくんでいるだけで、意味《いみ》はまだわからないようだ。

すると、紗希《さき》と優希《ゆき》が口《くち》を開《ひら》いた。

「私《わたし》、このたこ焼《や》き屋《や》さんのこと知《し》ってますわ」

「私《わたし》も、この犬《いぬ》を散歩《さんぽ》させてるおじさんのこと知《し》ってるわよ」

「先生《せんせい》も2人《ふたり》を見《み》たことあるぞ！　たしか、学校新聞《がっこうしんぶん》に出《で》てた！」

風間先生《かざませんせい》がそう言《い》うと、浩太《こうた》も2人《ふたり》のことを思《おも》いだした。

「チョコたこ焼《や》きのおじさんと、お手玉《てだま》トイプードルの飼《か》い主《ぬし》さんだね！」

以前《いぜん》、智彦《ともひこ》が学校新聞《がっこうしんぶん》で**『チョコ味《あじ》のたこ焼《や》きを売《う》るたこ焼《や》き屋《や》さん』**と**『お手玉《てだま》をするトイプードル』**を取材《しゅざい》したことがあった。どちらも学校《がっこう》でかなり話題《わだい》になったのだ。

「なるほど。だが、どうして彼《かれ》らが写《うつ》っている写真《しゃしん》なんかが？」

「間宮刑事《まみやけいじ》、とりあえずたこ焼《や》き屋《や》さんに行《い》ってみましょう！」

浩太《こうた》たちはたこ焼《や》き屋《や》さんがある駅前《えきまえ》に走《はし》った。

◆あなたの名前《なまえ》は?

3時《じ》30分《ふん》。駅前《えきまえ》にやってきた浩太《こうた》たちは、たこ焼《や》き屋《や》の店主《てんしゅ》に話《はなし》を聞《き》くことにした。

「すいません!　この写真《しゃしん》がどういう意味《いみ》かわかりますか?」

「んん?　何《なん》だい、この写真《しゃしん》?　こんなものいつ撮《と》ったんだい?」

店主《てんしゅ》のおじさんはあごひげを触《さわ》りながら、不思議《ふしぎ》そうに写真《しゃしん》を見《み》た。

どうやら写真《しゃしん》を撮《と》られていたことに気《き》づいていなかったようだ。

「ディティ、おじさんに聞《き》いても何《なに》もわからないみたいだよ」

浩太《こうた》はみんなから少《すこ》し離《はな》れると、スマホの中《なか》のディティに言《い》った。

『方角《ほうがく》、メートルの数《かず》』というのが気《き》になるネ」

「メートルといえば、『鶏《にわとり》＝2メートル、蛙《かえる》＝4メートル』って書《か》かれているけど、何《なに》か関係《かんけい》あるのかな？」

浩太《こうた》が考《かんが》えこんでいると、たこ焼《や》き屋《や》にひとりの初老《しょろう》のおじさんがやってきた。

「おやおや、今日《きょう》はずいぶんお客《きゃく》が多《おお》いんだねえ」

おじさんはトイプードルを連《つ》れている。あの写真《しゃしん》のおじさんだ。

「おお、こんにちは、東野《ひがしの》さん」

店主《てんしゅ》は笑《わら》いながら、初老《しょろう》のおじさんにあいさつをした。

瞬間《しゅんかん》、スマホの中《なか》のディティがハッとした。

「浩太《こうた》くん、たこ焼《や》き屋《や》の店主《てんしゅ》に名前《なまえ》を聞《き》くんダ？」

「どうして？」

「いいからラ！」

浩太《こうた》はわけがわからなかったが、店主《てんしゅ》に名前《なまえ》をたずねた。

「俺《おれ》の名前《なまえ》？　俺《おれ》は南山《みなみやま》だけど」

すると、スマホが震《ふる》えた。浩太《こうた》はあわててディティを見《み》る。

『暗号《あんごう》の謎《なぞ》が1つ解《と》けたヨ！　彼《かれ》らの名前《なまえ》が答《こた》えだったんダ！』

暗号《あんごう》の謎《なぞ》が1つ解《と》けたヨ!
彼《かれ》らの名前《なまえ》が答《こた》えだったんダ!
北《きた》
東《ひがし》
西《にし》
南《みなみ》
たこ焼き

「名前《なまえ》が答《こた》えだって？」

驚《おどろ》く浩太《こうた》に、ディティはふきだしで説明《せつめい》をする。浩太《こうた》はすぐに納得《なっとく》した。

「そういうことか！」

「相原《あいはら》くん、何《なに》かわかったのかね？」

「はい。間宮刑事《まみやけいじ》、**2人《ふたり》の名前《なまえ》が『方角《ほうがく》』を表《あらわ》していたんです！**」

たこ焼《や》き屋《や》の店主《てんしゅ》は**南山《みなみやま》**
初老《しょろう》のおじさんは**東野《ひがしの》**

つまり、**『南《みなみ》』**と**『東《ひがし》』**である。

「暗号《あんごう》には、たこ焼《や》き屋《や》のところに『スタート』と書《か》かれていました。そこに立《た》って、たこ焼《や》き屋《や》さんは1番目《ばんめ》だから、南《みなみ》。わんちゃんの散歩《さんぽ》をしているおじさんは2番目《ばんめ》だから東《ひがし》に、それぞれ歩《ある》けばいいんです」

「歩《ある》くといっても、どれだけ歩《ある》けばいいんだね？」

「そのヒントが『鶏《にわとり》＝2メートル、蛙《かえる》＝4メートル』です。これがきっと歩《ある》く長《なが》さのヒントになっているはずなんです」

浩太《こうた》は写真《しゃしん》をじっと見《み》つめた。

そのとき、初老《しょろう》のおじさんが連《つ》れていたトイプードルが、浩太《こうた》にじゃれついてきた。

「ごめん、今《いま》はお前《まえ》と遊《あそ》んでる場合《ばあい》じゃないんだ」

浩太《こうた》がそう言《い》っても、トイプードルはお手《て》をしてくる。

するとその瞬間《しゅんかん》、スマホが震《ふる》えた。

『歩《ある》く距離《きょり》がわかったヨ！』

ディティの横《よこ》に、そうふきだしが表示《ひょうじ》される。浩太《こうた》は答《こた》えを確認《かくにん》した。

「なるほど！　そういうことだったんだね！」

浩太《こうた》はみなを見《み》た。

「『鶏《にわとり》＝2メートル、蛙《かえる》＝4メートル』の意味《いみ》がわかりました！」

「おお！　相原《あいはら》くん、教《おし》えてくれ！」

「はい！　あれは、鶏《にわとり》と蛙《かえる》の足《あし》の本数《ほんすう》を表《あらわ》していたんです！」

浩太《こうた》はディティから教《おし》えてもらったことをみんなに伝《つた》えた。

「鶏《にわとり》は２本《ほん》、蛙《かえる》は４本足《ほんあし》があります。それを応用《おうよう》して、写真《しゃしん》の中《なか》の足《あし》を数《かぞ》えれば、歩《ある》く距《きょ》離《り》がわかるんです」

「だけど、写真《しゃしん》には鶏《にわとり》も蛙《かえる》も写《うつ》ってないぞ？」

「鶏《にわとり》と蛙《かえる》はあくまで例《れい》として書《か》かれているだけです。写真《しゃしん》にはちゃんと、２種類《しゅるい》の生《い》き物《もの》が写《うつ》っているじゃないですか！」

浩太《こうた》はそう言って指《ゆび》さした。

それは、初老《しょろう》のおじさんが連《つ》れているトイプードルだ。

「犬《いぬ》は、足《あし》が４本《ほん》です。つまり、『**犬《いぬ》＝４メートル**』ということになるんです！」

「おおお！」

一同《いちどう》は思《おも》わず驚《おどろ》きの声《こえ》をあげる。

「だけどちょっと待《ま》って」

優希《ゆき》が戸惑《とまど》いながら、浩太《こうた》のほうを見《み》た。

「2種類《しゅるい》の生《い》き物《もの》って言《い》ってたけど、あと1つはどこに写《うつ》っているの？」

写真《しゃしん》には、犬《いぬ》しかいなかったのだ。

「ちゃんと2種類《しゅるい》の生《い》き物《もの》が写《うつ》ってるよ！」

浩太《こうた》はディティに教《おし》えてもらったとおりの場所《ばしょ》をさししめす。

たこ焼《や》き屋《や》の看板《かんばん》だ。そこには、「たこ」の絵《え》が描《か》かれていたのだ。

「そっか！　たこの足《あし》を数《かぞ》えるってことね！」

「そう！　たこは８本《ぽん》の足《あし》がある。つまり、**たこ焼《や》き屋《や》の前《まえ》に立《た》って、南《みなみ》に8メートル、東《ひがし》に4メートル歩《ある》けば、ゴールに到着《とうちゃく》できるんだ！**」

浩太《こうた》たちは、方角《ほうがく》と距離《きょり》を確認《かくにん》しながら、その場《ば》に移動《いどう》した。

だが、そこには何《なに》もない。ただの地面《じめん》だ。

「そんな、どうして？」

答《こた》えがまちがっていたのだろうか。

浩太《こうた》はスマホを見《み》る。ディティは腕《うで》をくんで何《なに》かを考《かんが》えていた。

「答《こた》えは合《あ》っているはずダ。何《なに》が足《た》りないんダ……」

「写真《しゃしん》の生《い》き物《もの》の足《あし》の数《かず》はちゃんと数《かぞ》えたよねえ」

浩太《こうた》は写真《しゃしん》を見《み》て、犬《いぬ》とたこの足《あし》を確認《かくにん》にした。

そして、「**あっ！**」とひらめいた。

「ねえ、ディティ、生《い》き物《もの》の足《あし》を、全部数《ぜんぶかぞ》えるんだよね？」

「あア、そうだヨ」

「じゃあ、これは！」

浩太《こうた》は写真《しゃしん》の、たこ焼《や》き屋《や》の店主《てんしゅ》と、犬《いぬ》の散歩《さんぽ》をしているおじさんを指《ゆび》さした。

「そうカ！　人間《にんげん》の足《あし》の数《かず》を計算《けいさん》に入《い》れていなかっタ！」

歩《ある》く距離《きょり》は、２人《ふたり》のおじさんの足《あし》をそれぞれ合《あ》わせた数《かず》だったのだ。

「間宮刑事《まみやけいじ》！　どちらも2メートルプラスしましょう！」

浩太《こうた》たちは、南《みなみ》に10メートル、東《ひがし》に6メートルの位置《いち》に移動《いどう》した。

するとそこには花壇《かだん》があり、土《つち》の中《なか》に何《なに》かがうまっていた。

「これは!」

間宮刑事《まみやけいじ》はあわてて掘《ほ》りだす。

それは、ロッカーのキーだ。キーホルダーには星《ほし》マークがついている。


「また暗号《あんごう》か!」

間宮刑事《まみやけいじ》がいらだたしげに言《い》う。

すると、風間先生《かざませんせい》が「あれれ?」と声《こえ》を出《だ》した。

「その星《ほし》マーク、今移動《いまいどう》してるときに見《み》ましたよ」

風間先生《かざませんせい》は正面《しょうめん》にある駅《えき》のコインロッカーを見《み》る。

その1つの扉《とびら》に、同《おな》じ星《ほし》マークがついていたのだ。

「間宮刑事《まみやけいじ》!　その鍵《かぎ》でロッカーを開《あ》けるんです!」

「ああ、相原《あいはら》くん、わかった!」

◆解放《かいほう》の条件《じょうけん》

間宮刑事《まみやけいじ》はロッカーの鍵《かぎ》を開《あ》けた。

中《なか》に、1台《だい》のパソコンがある。間宮刑事《まみやけいじ》はそのパソコンを開《ひら》いた。

画面《がめん》に、映像《えいぞう》が映《うつ》しだされる。そこには、**智彦《ともひこ》とブルーローズが映《うつ》っていた。**

「みごと、3つの暗号《あんごう》を解《と》いたようだね」

「ブルーローズ！」

「やあ、名探偵《めいたんてい》AI《アイ》・HARA《ハラ》くん、ちゃんと見《み》えてるよ」

どうやらライブ映像《えいぞう》のようだ。

「助《たす》けて！」

椅子《いす》に捕《と》らえられた智彦《ともひこ》が叫《さけ》ぶ。

「早《はや》く智彦《ともひこ》くんを解放《かいほう》しろ！」

Case :3

対決!　ブルーローズ!!

浩太《こうた》がどなると、ブルーローズは不敵《ふてき》な笑《え》みをうかべた。

「智彦《ともひこ》くんを助《たす》けたければ、この場所《ばしょ》が町《まち》のどこにあるのか見《み》つけだすことだな。ヒントは、『3つの暗号《あんごう》で1つの形《かたち》を作《つく》る。次《つぎ》にその形《かたち》を砂時計《すなどけい》にする。地図上《ちずじょう》の砂時計《すなどけい》のいちばん上《うえ》の部《ぶ》分《ぶん》の中央《ちゅうおう》に、この場所《ばしょ》がある』だ」

「砂時計《すなどけい》？　いちばん上《うえ》？」

また暗号《あんごう》だ。

「3つの暗号《あんごう》って、今《いま》まで解《と》いた3種類《しゅるい》の暗号《あんごう》ってことですわよね？」

「形《かたち》にするってどういう意味《いみ》なの？」

「砂時計《すなどけい》にするというのも、先生《せんせい》には意味《いみ》がわからないぞ？」

みなが戸惑《とまど》っていると、パソコンの画面《がめん》のむこうから、智彦《ともひこ》が叫《さけ》んだ。

「お父《とう》さん、助《たす》けて‼」

「智彦《ともひこ》！　大丈夫《だいじょうぶ》か！」

「お父《とう》さん！　僕《ぼく》、捕《と》らえられたときから1度《ど》も縄《なわ》を解《と》いてもらえてないんだ！　ずっとイスに座《すわ》らされたままで！　だから助《たす》けて！」

「智彦《ともひこ》！　すぐ助《たす》けるからな！」

間宮刑事《まみやけいじ》は目《め》に涙《なみだ》をうかべて、必死《ひっし》に叫《さけ》んだ。

ディティが小声《こごえ》で浩太《こうた》に話《はな》しかけた。

「浩太《こうた》くん、ブルーローズの様子《ようす》を見《み》せてくレ。何《なに》かヒントがあるかもしれなイ」

「えっ、あ、ああ、そうだね！」

浩太《こうた》はこっそり、スマホをパソコンにむけた。ディティは画面《がめん》をじっと見《み》つめる。

そのとき、ブルーローズが、カメラにむかって語《かた》りかけてきた。

「夕方《ゆうがた》5時《じ》までにこなければ、智彦《ともひこ》くんとは2度《ど》と会《あ》えなくなる。しかし、私《わたし》も鬼《おに》じゃない。もし見《み》つけられなくても、救《すく》える方法《ほうほう》を教《おし》えよう」

「なんだって？」

「それは、間宮刑事《まみやけいじ》、あなたが刑事《けいじ》を辞《や》めるというものだ。夕方《ゆうがた》の5時《じ》までにネットでそれを発表《はっぴょう》すれば、智彦《ともひこ》くんを解放《かいほう》してあげるよ。はーはっはっはっは！」

ブルーローズの高笑《たかわら》いがひびく。そして映像《えいぞう》が消《き》えた。

「私《わたし》が刑事《けいじ》を辞《や》めれば……智彦《ともひこ》は救《すく》われる……だと？」

ブルーローズはとんでもない条件《じょうけん》を出《だ》してきた。

「間宮刑事《まみやけいじ》……」

浩太《こうた》はどう言《い》えばいいのかわからなかった。

すると、間宮刑事《まみやけいじ》が浩太《こうた》たちのほうに顔《かお》をむけた。

「相原《あいはら》くん。私《わたし》はたしかに智彦《ともひこ》の父親《ちちおや》だ。だが……刑事《けいじ》でもある。刑事《けいじ》は決《けっ》して悪《あく》の言《い》いなりにはならない。たとえ子供《こども》が誘拐《ゆうかい》されても」

そのこぶしは固《かた》くにぎられ震《ふる》えている。つらい気持《きも》ちが伝《つた》わってくる。

（そうだよね……。だからこそ、僕《ぼく》がなんとかしなくちゃ……）

間宮刑事《まみやけいじ》と智彦《ともひこ》を救《すく》えるのは、浩太《こうた》しかない。

いや、名探偵《めいたんてい》A《ア》I《イ》・H《ハ》A《ラ》しかいない。

時刻《じこく》は4時前《じまえ》。**あと1時間《じかん》。**


「間宮刑事《まみやけいじ》、僕《ぼく》に任《まか》せてください！」


浩太《こうた》はそう宣言《せんげん》する。間宮刑事《まみやけいじ》は大《おお》きくうなずいた。

間宮刑事《まみやけいじ》はほかの刑事《けいじ》たちに連絡《れんらく》をして、怪《あや》しそうな建物《たてもの》を調《しら》べさせることにした。

だが、町《まち》は広《ひろ》い。簡単《かんたん》にブルーローズが隠《かく》れている場所《ばしょ》が見《み》つかるとは思《おも》えなかった。

浩太《こうた》たちは町《まち》の地図《ちず》をもってきて、暗号《あんごう》のヒントを見《み》つけだすことにした。

しかし、地図《ちず》を見《み》るだけではなかなかわからない。

そんななか、ディティは先《さき》ほどからずっと腕《うで》をくみ、何《なに》かを考《かんが》えていた。

「ディティ、暗号《あんごう》はわかったの？」

浩太《こうた》はみんなから少《すこ》し離《はな》れると、ディティにたずねた。

「いや、暗号《あんごう》はまだだヨ。その前《まえ》に1つ気《き》になることがあるんダ」

「気《き》になること？　あと1時間《じかん》で制限時間《せいげんじかん》になっちゃうんだよ」

「それはわかっていル。だけどブルーローズと智彦《ともひこ》くんが映《うつ》っていた映像《えいぞう》が、妙《みょう》に気《き》になってテ。うまく説明《せつめい》できないけど、違和感《いわかん》があったんダ」

「違和感《いわかん》？　僕《ぼく》はべつになかったけど。早《はや》く場所《ばしょ》を見《み》つけだして、智彦《ともひこ》くんの手《て》の縄《なわ》をほどいてあげなきゃとしか思《おも》わなかったよ」

「縄《なわ》ヲ……」

ディティは目《め》を大《おお》きく見開《みひら》いた。

そのとき、地図《ちず》を見《み》ていた優希《ゆき》が声《こえ》をあげた。

「ああ、わかったわ！」

浩太《こうた》はその声《こえ》に反応《はんのう》し、優希《ゆき》のほうを見《み》た。

「優希《ゆき》ちゃん、何《なに》がわかったの？」

「浩太《こうた》くん、これを見《み》て！」

優希《ゆき》は地図《ちず》の3ケ所《かしょ》に、ペンで○印《まるじるし》をつけていた。

「3つの暗号《あんごう》の答《こた》えがあった場所《ばしょ》を、わかりやすくす

るために印《しるし》をつけてみたの。そうしたら、1つの形《かたち》を作《つく》れることに気《き》づいたのよ！」

印《しるし》は「和船《わせん》のイベント会場《かいじょう》」、「ベーカリー商店街《しょうてんがい》」、そして「駅前《えきまえ》」につけられていた。

「ああ！」

それを見《み》て、浩太《こうた》もある形《かたち》になることに気《き》づいた。

「和船《わせん》のイベント会場《かいじょう》」、「ベーカリー商店街《しょうてんがい》」、そして「駅前《えきまえ》」。それぞれの場所《ばしょ》につけられた印《しるし》を線《せん》で結《むす》ぶと、「**正三角形**《せいさんかくけい》」になるのだ。

「これって、『3つの暗号《あんごう》で1つの形《かたち》を作《つく》る』ってことだよね？」

「ええ、たぶんそうだと思《おも》うわ！」

優希《ゆき》は地図《ちず》の印《しるし》に線《せん》を引《ひ》き、正三角形《せいさんかくけい》を作《つく》った。

「あとは『**次**《つぎ》**にその形**《かたち》**を砂時計**《すなどけい》**にする**』ってことですわね」

「う〜ん、砂時計《すなどけい》かあ。先生《せんせい》には正三角形《せいさんかくけい》をどうすれば砂時計《すなどけい》にできるのかまったくわからないぞ」

「私《わたし》も……」

紗希《さき》たちはふたたび頭《あたま》を抱《かか》えてしまった。

浩太《こうた》は、地図《ちず》に描《か》かれた三角形《さんかくけい》をじっと見《み》つめた。

「砂時計《すなどけい》といえば、まんなかが細《ほそ》くなってるよね……。三角形《さんかくけい》を砂時計《すなどけい》にするには……」

「ああ！」

浩太《こうた》はぴんときた。

「もしかして、同《おな》じ形《かたち》の三角形《さんかくけい》をもう１つ作《つく》るんじゃないのかな⁉」

「相原《あいはら》くん、どういう意味《いみ》だね？」

「砂時計《すなどけい》は、数字《すうじ》の『８』みたいな形《かたち》をしてますよね？　同《おな》じ大《おお》きさの三角形《さんかくけい》をもう１つ作《つく》って、逆《さか》さまにして縦《たて》に並《なら》べたら、砂時計《すなどけい》みたいになると思《おも》うんです！」

浩太《こうた》はそう言《い》うと、正三角形《せいさんかくけい》の上《うえ》に逆《さか》さにした同《おな》じ大《おお》きさ正三角形《せいさんかくけい》を描《か》いた。

「おおお！」

正三角形《せいさんかくけい》が２つ並《なら》ぶと、砂時計《すなどけい》に見《み》える。

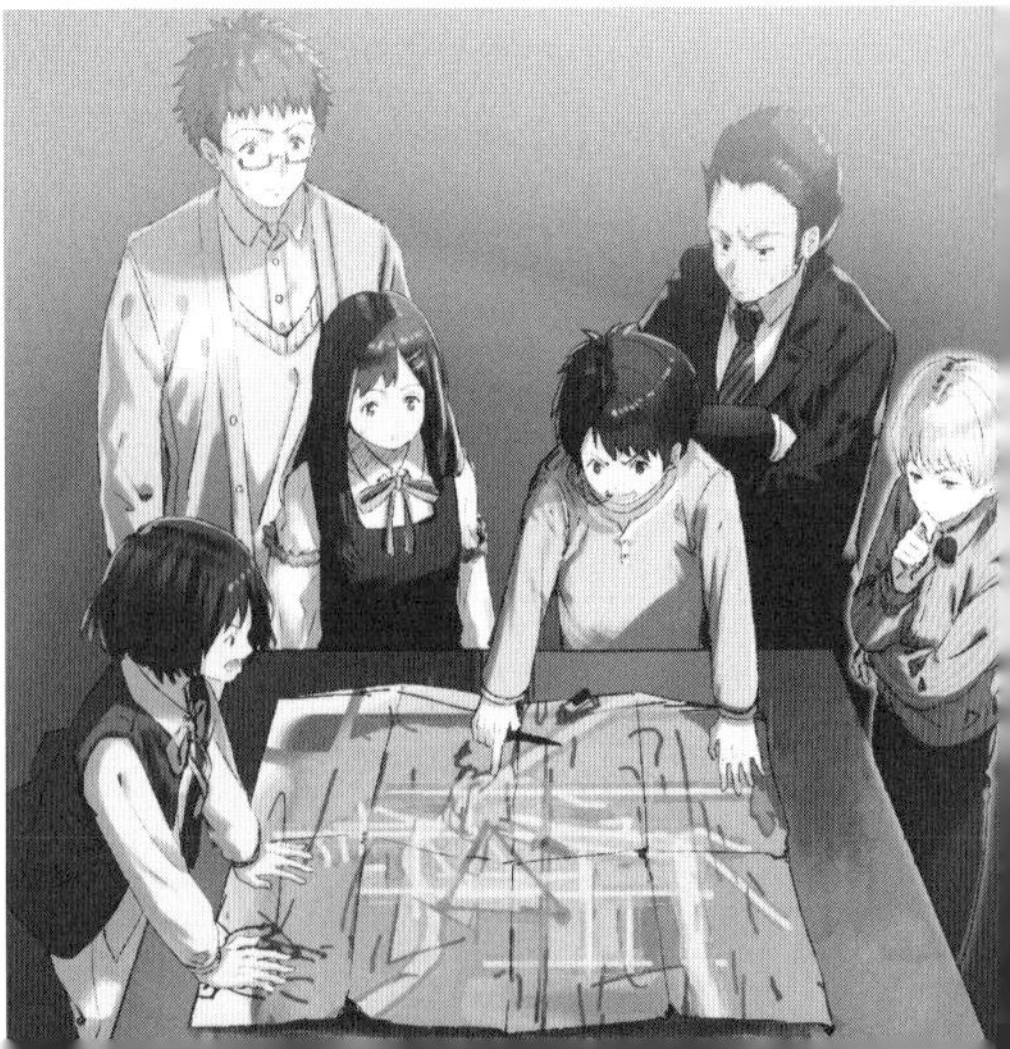

「智彦《ともひこ》くんがいる場所《ばしょ》は、『**砂時計《すなどけい》のいちばん上《うえ》の部分《ぶぶん》の中央《ちゅうおう》**』って言《い》ってたよね？」

浩太《こうた》たちは、地図上《ちずじょう》のその場所《ばしょ》を見《み》る。

そこには「**畑《はたけ》**」があった。

「智彦《ともひこ》くんは、ここにいるんだ！」

浩太《こうた》たちはあわててその場所《ばしょ》へむかった。


「浩太《こうた》くん、話《はなし》があル——」


むかっている最中《さいちゅう》、突然《とつぜん》、浩太《こうた》のポケットの中《なか》から声《こえ》がした。

浩太《こうた》は、みんなから少《すこ》し離《はな》れると、スマホを取《と》りだした。

「どうしたの？　今《いま》から智彦《ともひこ》くんを助《たす》けにいくんだよ！」

「そのことなんだけど、話《はな》しておきたいことがあるんダ。その話《はなし》を聞《き》いたあと、新田刑事《にったけいじ》に連絡《れんらく》してほしイ」

「どういうこと？」

「浩太《こうた》くん、すべての真相《しんそう》がわかっタ。驚《おどろ》かないで聞《き》くんだヨ」

ディティはそう言《い》って、あることを浩太《こうた》に教《おし》えた。

「そんな……」

それを聞《き》き、浩太《こうた》はその場に立《た》ちつくす。


「そんなの絶対《ぜったい》うそだよ！　絶対《ぜったい》ありえないよ!!」

◆事件《じけん》の真相《しんそう》

浩太《こうた》はディティの言《い》ったことが信《しん》じられなかった。

しかし、スマホの中《なか》のディティは真剣《しんけん》な表情《ひょうじょう》のままだ。

「ほんとに……、それが真相《しんそう》なの？」

「あア。だから、新田刑事《にったけいじ》に連絡《れんらく》するんダ。謎《なぞ》を解《と》き明《あ》かすというのは、みんなに公表《こうひょう》してはじめて価値《かち》があるものだからネ」

「それは、そうだけど……」

浩太《こうた》はその真相《しんそう》に戸惑《とまど》いを隠《かく》せなかった。

すると、ディティが浩太《こうた》をじっと見《み》つめた。

「浩太《こうた》くん、これは犯人《はんにん》のためでもあるんダ。このまま放置《ほうち》すれば、彼《かれ》はまた同《おな》じような事件《じけん》を起《お》こすだろウ。今《いま》、ここで犯行《はんこう》を止《と》めることができるのは、名探偵《めいたんてい》AI《アイ》・HAR《ハラ》A、君《きみ》しかいないんダ!」

「僕《ぼく》しか、いない……」

浩太《こうた》は小《ちい》さくうなずく。そして持《も》っていたスマホで、警察《けいさつ》に電話《でんわ》を入《い》れた──。


やがて、浩太《こうた》たちは、畑《はたけ》の前《まえ》までやってきた。

時刻《じこく》は4時《じ》50分《ぷん》。なんとか夕方《ゆうがた》の5時《じ》までに間《ま》に合《あ》った。

「智彦《ともひこ》!」

一同《いちどう》は智彦《ともひこ》を探《さが》す。

すると、畑《はたけ》の横《よこ》に、ポツンと農機具《のうきぐ》を入《い》れる小《ちい》さな倉庫《そうこ》があった。

「まさか！」

間宮刑事《まみやけいじ》が駆《か》けだす。紗希《さき》たちもそれに続《つづ》いた。

「智彦《ともひこ》！　智彦《ともひこ》！」

間宮刑事《まみやけいじ》は何度《なんど》も智彦《ともひこ》の名前《なまえ》を呼《よ》びながら、倉庫《そうこ》を開《あ》けた。

すると、中《なか》に、イスにしばられた智彦《ともひこ》の姿《すがた》があった。

「お父《とう》さん！」

「智彦《ともひこ》!!」

間宮刑事《まみやけいじ》は駆《か》けこむと、智彦《ともひこ》の縄《なわ》を解《と》こうとした。

「待《ま》つんダー！」

突然《とつぜん》、声《こえ》が響《ひび》いた。

Case :3

対決!　ブルーローズ!!

ディティだ。

「今《いま》のは？」

みなは声《こえ》のしたほうをふりかえる。そこに立《た》っていたのは、浩太《こうた》だ。

「間宮刑事《まみやけいじ》、その縄《なわ》は解《と》かないでください」

「なんだって？」

浩太《こうた》は間宮刑事《まみやけいじ》を見《み》つめた。

「その縄《なわ》は、重要《じゅうよう》な証拠《しょうこ》なんです」

「証拠《しょうこ》？　もしかしてブルーローズの指紋《しもん》がついているのかね？」

「いいえ、それはないと思《おも》います。ねえ、そうだよね？」

浩太《こうた》はそう言《い》って、智彦《ともひこ》のほうを見《み》た。

「えっ、ど、どうして僕《ぼく》に聞《き》くの……？」

智彦《ともひこ》は首《くび》をかしげる。そんな智彦《ともひこ》を、浩太《こうた》はじっと見《み》つめた。

「理由《りゆう》はたった1つだよ。すごくシンプルな理由《りゆう》だ。だって、君《きみ》はこの事件《じけん》を仕組《しく》んだ犯人《はんにん》だよね？　謎仮面《なぞかめん》・ブルーローズは、智彦《ともひこ》くん、君《きみ》なんだ——！」

「智彦《ともひこ》くんが、ブルーローズ!?」

優希《ゆき》たちは驚《おどろ》きの声《こえ》をあげた。

「浩太《こうた》さん、何《なに》を言《い》ってるんですの？」

「相原《あいはら》、先生《せんせい》はさすがにその冗談《じょうだん》は笑《わら》えないぞ」

「相原《あいはら》くん、どういうことなんだね？」

ディティが教《おし》えてくれたことは信《しん》じられなかった。

だが、その推理《すいり》はまちがっていない。

浩太《こうた》は智彦《ともひこ》の目《め》の前《まえ》に立《た》った。

「智彦《ともひこ》くん、君《きみ》は2つミスをした。それで君《きみ》がブルーローズだとわかったんだ」

浩太《こうた》は、智彦《ともひこ》の手《て》を肘掛《ひじかけ》にしばっている縄《なわ》を見《み》つめた。

「君《きみ》は、ライブ映像《えいぞう》の中《なか》で、『**捕《と》らえられたときから1度《ど》も縄《なわ》を解《と》いてもらえてないんだ**』と言《い》っていたよね？　それを聞《き》いて違和《いわ》感《かん》があったんだ」

「どういう、こと……？」

「その縄《なわ》の結《むす》び目《め》だよ。USB《ユーエスビー》メモリーに録《ろく》画《が》された映像《えいぞう》のときと、ライブ映像《えいぞう》のときでは、**結《むす》び目《め》がまったく違《ちが》う位置《いち》にあったんだ**。それはつまり、USB《ユーエスビー》メモリーの映像《えいぞう》のあと、縄《なわ》が解《と》かれたことを意味《いみ》する。おそらく、ライブ映像《えいぞう》を映《うつ》すときに、またしばり直《なお》して、捕《と》らえられているフリをしたんだろうね」

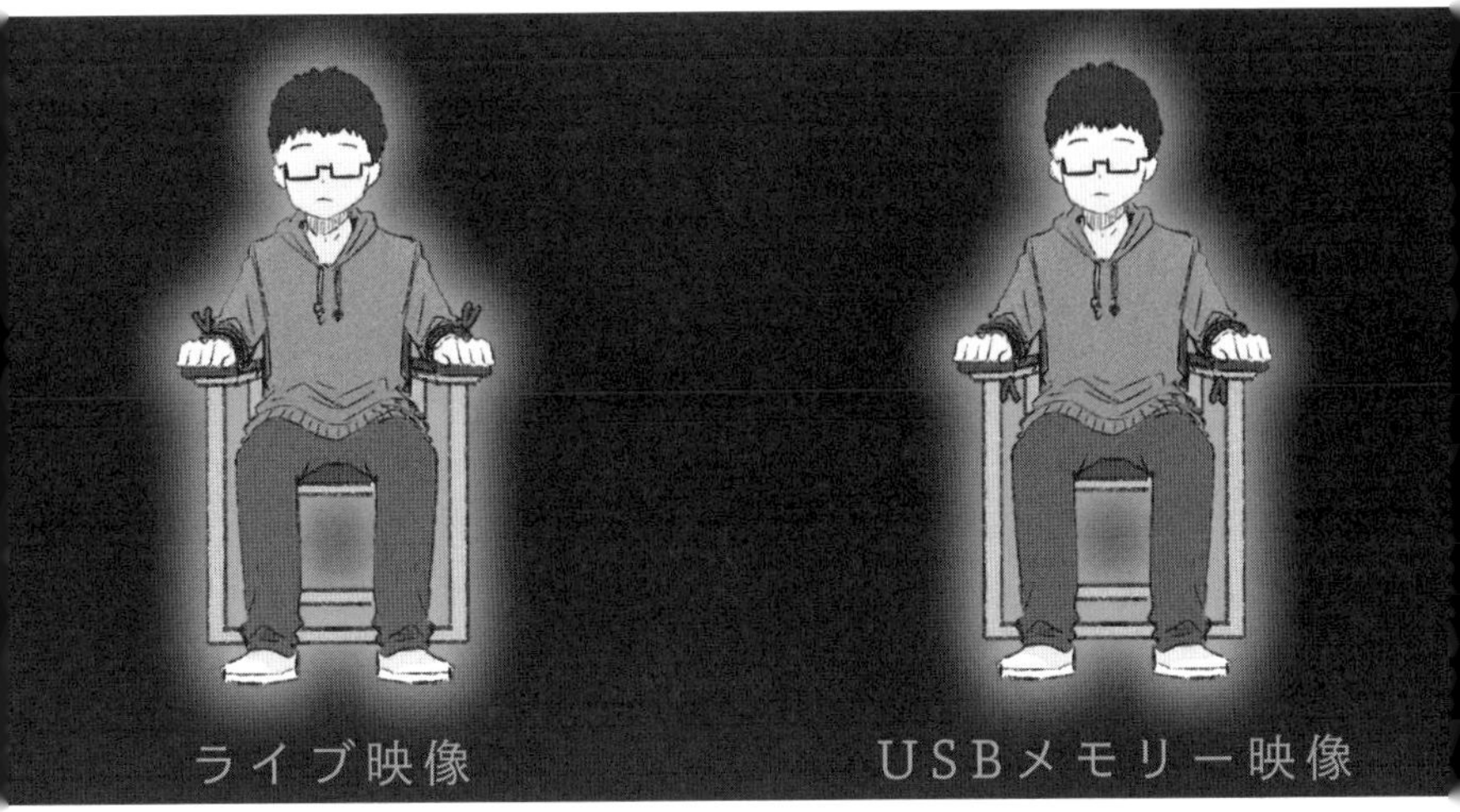

浩太《こうた》の言葉《ことば》に、みな戸惑《とまど》う。

智彦《ともひこ》は首《くび》を横《よこ》にふった。

「それは、解《と》こうとして動《うご》いたときに、結《むす》び目《め》が移動《いどう》したんだよ！」

「そ、そうだな。動《うご》くと結《むす》び目《め》の位置《いち》も変《か》わってしまうものな」

間宮刑事《まみやけいじ》は大《おお》きくうなずく。

だが、浩太《こうた》は冷静《れいせい》だった。

「じゃあもう1つのこれは、どう説明《せつめい》するのかな？」

浩太《こうた》はそう言《い》って、倉庫《そうこ》の入《い》り口《ぐち》を見《み》た。

すると、外《そと》から数人《すうにん》の人影《ひとかげ》があらわれた。それは、新田刑事《にったけいじ》たち、警察官《けいさつかん》だ。

「お前《まえ》たちどうしたんだ？」

「間宮刑事《まみやけいじ》、捕《つか》まえたっすよ」

新田刑事《にったけいじ》はそう言《い》うと、腕《うで》をつかんでいたひとりの男《おとこ》をみなの前《まえ》に出《だ》した。

Tシャツを着《き》た、見知《みし》らぬ若《わか》い男《おとこ》だ。

「相原《あいはら》くん、君《きみ》の言《い》ったとおりだったよ。この男《おとこ》を調《しら》べたら、ポケットからこれが出《で》てきたからね」

新田刑事《にったけいじ》は手袋《てぶくろ》をはめた手《て》である物《もの》を見《み》せた。それは、ベネチアンマスクだ。

「新田《にった》、まさかこの男《おとこ》が！」

「はい！　この男《おとこ》こそが謎仮面《なぞかめん》・ブルーローズのひとりっす！」

「ブルーローズのひとり？」

間宮刑事《まみやけいじ》が呆然《ぼうぜん》としている。浩太《こうた》はゆっくりと口《くち》を開《ひら》いた。

「ブルーローズは2人組《ふたりぐみ》だったんです。この人《ひと》と、智彦《ともひこ》くんの――」

「智彦《ともひこ》くん、どうするんだよ！　絶対捕《ぜったいつか》まらないって言《い》ったじゃないか！」

若《わか》い男《おとこ》は半《はん》べそで智彦《ともひこ》にうったえた。

智彦《ともひこ》は苦虫《にがむし》をかみつぶしたような顔《かお》をしている。

「これは一体《いったい》……？」

間宮刑事《まみやけいじ》は混乱《こんらん》していた。浩太《こうた》はすべてを説明《せつめい》することにした。

「ブルーローズは、その男《おとこ》の人《ひと》がベネチアンマスクをつけて活動《かつどう》していたんです。だけど、すべてのトリックを考《かんが》えていたのは、智彦《ともひこ》くんだったんです。そう考《かんが》えると、すべての事件《じけん》で、智彦《ともひこ》くんの行動《こうどう》が怪《あや》しかったことがわかるんです」

浩太《こうた》は1件目《けんめ》の事件《じけん》の話《はなし》をした。


「1件目《けんめ》の銅像事件《どうぞうじけん》で、校庭《こうてい》に立《た》っている銅像《どうぞう》を最初《さいしょ》に見《み》つけたのは、智彦《ともひこ》くんでした。あのとき、智彦《ともひこ》くんは僕《ぼく》たちを校庭《こうてい》が見《み》えるように誘導《ゆうどう》したんです」

それを聞《き》き、紗《さ》希《き》たちはハッとする。

「そう言《い》われれば、たしかにそうですわね……」

浩《こう》太《た》は2件《けん》目《め》のフィギュア事《じ》件《けん》のことも話《はな》した。

「2件《けん》目《め》の事《じ》件《けん》も、智《とも》彦《ひこ》くんだったら、紗《さ》希《き》ちゃんの下《げ》駄《た》箱《ばこ》にブルーローズからの手《て》紙《がみ》を入《い》れることが簡《かん》単《たん》にできます。そして、紗《さ》希《き》ちゃんたちの誕《たん》生《じょう》日《び》パーティーにも参《さん》加《か》していたので、誰《だれ》にも怪《あや》しまれず、家《いえ》の配《はい》電《でん》盤《ばん》に自《じ》動《どう》タイマーを仕《し》掛《か》けることができた。さらに、新《にっ》田《た》刑《けい》事《じ》をはじめ、怪《あや》しい人《じん》物《ぶつ》がいると言《い》って、青《あお》山《やま》さんから疑《うたが》いの目《め》をそらそうとしたのも、智《とも》彦《ひこ》くんでした」

浩《こう》太《た》は智《とも》彦《ひこ》をじっと見《み》つめた。

「そして君《きみ》は、この3件目《けんめ》の事件《じけん》で、僕《ぼく》たちがこの場所《ばしょ》を見《み》つけたことを知《し》って、ブルーローズ役《やく》だった彼《かれ》だけを逃《に》がそうとしたんだよね？　みごと自分《じぶん》が救《すく》いだされたということを演出《えんしゅつ》するために」

浩太《こうた》は先《さき》ほど畑《はたけ》にむかう途中《とちゅう》、ディティにあることを聞《き》いた。

それは畑《はたけ》に到着《とうちゃく》するまでに逃《に》げてしまうであろう、ブルーローズ役《やく》の人間《にんげん》を捕《つか》まえる方《ほう》法《ほう》である。

「ブルーローズ役《やく》の彼《かれ》は、逃《に》げるとき、ベネチアンマスクをはずして、服《ふく》も着替《きが》えていた。そうすれば捕《つか》まらないと思《おも》ったんだろうね。だけど、1つだけ、変《か》えていない物《もの》があると思《おも》ったんだ。それは、『靴《くつ》』だよ。映像《えいぞう》には、ブルーローズがはいていた靴《くつ》も映《うつ》っていた。だけどさすがに逃《に》げるとき、靴《くつ》までは変《か》えないだろうと思《おも》ったんだ」

新田刑事《にったけいじ》たちは映像《えいぞう》で靴《くつ》を確認《かくにん》し、畑《はたけ》の周辺《しゅうへん》にいた、同《おな》じ靴《くつ》をはいていた男《おとこ》を見《み》つけだすことができた。

「これが、君《きみ》の2つ目《め》のミスだよ」

浩太《こうた》は智彦《ともひこ》にそう言《い》った。

「智彦《ともひこ》くん、もう逃《に》げられないよ」

浩太《こうた》は迫《せま》る。

すると、智彦《ともひこ》は「この縄《なわ》をはずして」と言《い》った。

「べつに逃《に》げないよ。ただ、このままじゃ、何《なん》だか嫌《いや》だからね」

智彦《ともひこ》は不適《ふてき》に笑《わら》う。

間宮刑事《まみやけいじ》は戸惑《とまど》いながらも、手《て》をしばっていた縄《なわ》を解《と》いた。

「智彦《ともひこ》、どういうことなんだ……」

「まずは、彼《かれ》のことを説明《せつめい》しないといけないよね」

智彦《ともひこ》は新田刑事《にったけいじ》に捕《と》らえられている男《おとこ》を見《み》た。

「彼《かれ》は小村《こむら》さんといって、この町《まち》に住《す》んでいる役者《やくしゃ》だよ。まあ、あんまり売《う》れてないけどね。ブルーローズ役《やく》にならないかって誘《さそ》ったら、協力《きょうりょく》してくれたんだ。目立《めだ》つことができて楽《たの》しいらしくてね」

智彦《ともひこ》の言葉《ことば》に小村《こむら》は苦《にが》い顔《かお》をする。自分《じぶん》のしでかしたことの大《おお》きさにようやく気《き》づいたのだろう。

「智彦《ともひこ》……」

間宮刑事《まみやけいじ》は、智彦《ともひこ》の肩《かた》に手《て》をのばそうとする。

その瞬間《しゅんかん》、智彦《ともひこ》が間宮刑事《まみやけいじ》をにらみつけた。

「全部《ぜんぶ》、お父《とう》さんのせいだ！」

「と、智彦《ともひこ》……？」

「お父《とう》さんは仕事《しごと》ばかりして、全然《ぜんぜん》かまってくれないじゃないか！　だから僕《ぼく》は、お父《とう》さんを困《こま》らせてやろうと思《おも》ったんだ！」

「それで、ブルーローズに？」

「そうだよ！　だけど浩太《こうた》くんがあらわれて謎《なぞ》を解《と》かれてしまった。だから最終手段《さいしゅうしゅだん》を実行《じっこう》したんだ！」

それが誘拐事件《ゆうかいじけん》だった。

「警察《けいさつ》を辞《や》めれば解放《かいほう》するって言《い》ったのは、お父《とう》さんの気持《きも》ちを確《たし》かめたかったんだ！　だけど、お父《とう》さんは辞《や》めてくれなかった！　全然僕《ぜんぜんぼく》のことを思《おも》ってくれなかった！　お父《とう》さんなんか大嫌《だいきら》いだ!!」

智彦《ともひこ》は泣《な》きながら叫《さけ》んだ。

「大嫌《だいきら》いなんて言《い》っちゃやだめだ！」


突然《とつぜん》、浩太《こうた》が大声《おおごえ》をあげた。

「間宮刑事《まみやけいじ》はずっと智彦《ともひこ》くんのことを心配《しんぱい》してたんだ！　自分《じぶん》の子供《こども》を心配《しんぱい》しない親《おや》なんているわけないだろ!!」

「浩太《こうた》くん……」

「間宮刑事《まみやけいじ》は僕《ぼく》のお父《とう》さんと同《おな》じだよ！　家族《かぞく》のために毎日必死《まいにちひっし》にがんばってくれているんだ！　どうしてそれがわからないんだよ!!」

浩太《こうた》の目《め》から涙《なみだ》が流れる。その涙《なみだ》を智彦《ともひこ》はただ呆然《ぼうぜん》と見《み》つめていた。

「僕《ぼく》……、僕《ぼく》……」

「智彦《ともひこ》、もういいんだ……」

「お、お父《とう》さん……」

「お前《まえ》は悪《わる》くない。父《とう》さんが全部悪《ぜんぶわる》かった……、すまない、智彦《ともひこ》!!」

間宮刑事《まみやけいじ》は智彦《ともひこ》を抱《だ》きしめる。


「お父《とう》さん……、僕《ぼく》、僕《ぼく》……、——ごめんなさいっ!!」

智彦《ともひこ》は間宮刑事《まみやけいじ》にしがみつき、泣《な》きながら何度《なんど》も何度《なんど》も謝《あやま》った。

「彼《かれ》は、たださびしかったんだろうネ」

あれから1週間《しゅうかん》がすぎた。

智彦《ともひこ》は祖父母《そふぼ》の家《いえ》に引《ひ》っ越《こ》すことになった。

間宮刑事《まみやけいじ》も退職《たいしょく》し、もう一度《いちど》家族《かぞく》としてやり直《なお》すのだという。

「ほんとにこれでよかったのかな……」

登校《とうこう》しながら、浩太《こうた》がつぶやく。

「それはボクにもわからないネ」

スマホの中《なか》のディティがそう答《こた》えた。

「だけど、今回《こんかい》の事件《じけん》をとおして、人間《にんげん》の深《ふか》い感情《かんじょう》というものを、はじめて知《し》ったヨ。人間《にんげん》というのは、なんだか面白《おもしろ》いネ」

「面白《おもしろ》いって……」

ディティはいつも人間《にんげん》を小馬鹿《こばか》にしていた。

しかし今《いま》はもう、そんな気持《きも》ちはなさそうだった。

やがて、浩太《こうた》は下駄箱《げたばこ》にやってきた。すると、浩太《こうた》の上履《うわば》きの上《うえ》に何《なに》かが置《お》かれている。

——手紙《てがみ》だ。

「も、もしかしてラブレター⁉ まさか、紗希《さき》ちゃん？ それとも優希《ゆき》ちゃんかも⁉」

浩太《こうた》はドキドキしながら、その手紙《てがみ》を手《て》に取《と》った。

「えっ？」

そこには、「間宮智彦《まみやともひこ》」と書《か》かれていた。

「智彦《ともひこ》くんからだ……」

浩太《こうた》は手紙《てがみ》をじっと見《み》つめた。

『この手紙《てがみ》を読《よ》んでいる頃《ころ》には、僕《ぼく》はもうこの町《まち》にはいません。

それにしても、浩太《こうた》くんは、ほんとに名探偵《めいたんてい》だね。まさか僕《ぼく》の考《かんが》えた謎《なぞ》をすべて解《と》かれるとは思《おも》わなかったよ。

僕《ぼく》はもう2度《ど》とブルーローズにはならない。2度《ど》とお父《とう》さんには迷惑《めいわく》をかけないよ。すべて、君《きみ》のおかげだよ。君《きみ》が名探偵《めいたんてい》AI《アイ》・HARA《ハラ》として、ブルーローズの謎《なぞ》を解《と》き明《あ》かしてくれたおかげなんだ。

浩太《こうた》くん。君《きみ》には感謝《かんしゃ》している。ありがとう』

「智彦《ともひこ》くん……」

浩太《こうた》は、手紙《てがみ》を読《よ》んでほほえむ。

「もう1枚《まい》あるみたいだヨ」

ディティがスマホの中《なか》から言《い》った。

「ほんとだ」

浩太《こうた》は手紙《てがみ》をめくった。

『P.S. ところで、君《きみ》が持《も》っている白《しろ》いスマホは何《なん》なのかな? たぶん、推《すい》理《り》はそのスマホの中《なか》に映《うつ》っていた男《おとこ》の子《こ》がしてたんだよね?』

「えっ！」

なんと、智彦《ともひこ》はディティの存在《そんざい》に気《き》づいていた。

『彼《かれ》が何者《なにもの》なのかわからないけど、秘密《ひみつ》にしているようだったから、このことは誰《だれ》にも言《い》わないでおくね！』

最後にそう書《か》かれていた。

「智彦《ともひこ》くんにはバレてたんだ」

浩太《こうた》は思《おも》わず苦笑《くしょう》した。

「智彦《ともひこ》くんってすごいね」

「さすが、元《もと》ブルーローズだけのことはあル。まア、ボクにはかなわないけどネ」

浩太《こうた》は自信満々《じしんまんまん》のディティを見《み》て笑《わら》う。

そんな浩太《こうた》を見《み》て、ディティも笑《わら》った。

ディティが何者《なにもの》で、どうして公園《こうえん》のゴミ箱《ばこ》に捨《す》てられていたのかはわからない。

どうして誰《だれ》にも存在《そんざい》を知《し》られたくないのか理由《りゆう》も教《おし》えてくれない。

しかし、彼《かれ》が真《ま》っ白《しろ》なスマホの中《なか》にだけ存在《そんざい》している、ＩＱ《アイキュー》５００のスーパーＡＩ《エーアイ》ということだけはわかっている。

それだけで今《いま》はじゅうぶんだ。

浩太《こうた》はこれからもずっと、ディティと一緒《いっしょ》にいたいと思《おも》った。


親友《しんゆう》だから。


「これからもよろしくね、ディティ」

「何《なん》だい、急《きゅう》ニ。ボクはずっと君《きみ》といるつもりだヨ」

「そっか。うん、そうだよね！」

そこへ、紗希《さき》と優希《ゆき》がやってきた。

浩太《こうた》はあわててスマホをポケットの中《なか》に隠《かく》す。

「おはよ〜、紗希《さき》ちゃん、優希《ゆき》ちゃん」

「浩太《こうた》さん、やっと見《み》つけましたわ」

「どうしたの？」

「どうしたのじゃないの！　とんでもない事件《じけん》が起《お》きたの？」

「とんでもない事件《じけん》？」

「知《し》り合《あ》いのおばさんがね、ダイヤの指輪《ゆびわ》を買《か》ったの。そうしたら、その指輪《ゆびわ》が真夜中《まよなか》に急《きゅう》に動《うご》きだしたの」

「そのまま、部屋《へや》の外《そと》まで転《ころ》がって、消《き》えてしまったというんですわ」

「ダイヤの指輪《ゆびわ》が、動《うご》きだして、消《き》えた？」

「浩太《こうた》さん、これは事件《じけん》ですわ！」

「うん！　浩太《こうた》くんしか解《と》けないわよ！」

そのとき、ポケットの中《なか》が震《ふる》えた。ディティだ。

浩太《こうた》は紗希《さき》たちに背中《せなか》をむけると、スマホの画面《がめん》を見《み》た。

『どうやら、名探偵《めいたんてい》AI《アイ》・HARA《ハラ》の出番《でばん》のようだネ』

ふきだしにそう表示《ひょうじ》されている。

ディティが笑顔《えがお》で浩太《こうた》を見《み》ている。

「うん。これは出番《でばん》のようだね！」

浩太《こうた》は満面《まんめん》の笑顔《えがお》で紗希《さき》たちを見《み》た。

「まかせて！　名探偵《めいたんてい》AI《アイ》・HARA《ハラ》に解《と》けない謎《なぞ》はないからね！　今日《きょう》の放課後《ほうかご》、さっそく捜査《そうさ》を開始《かいし》しよう！」

浩太《こうた》の明《あか》るい声《こえ》が、学校中《がっこうじゅう》に響きわたった。

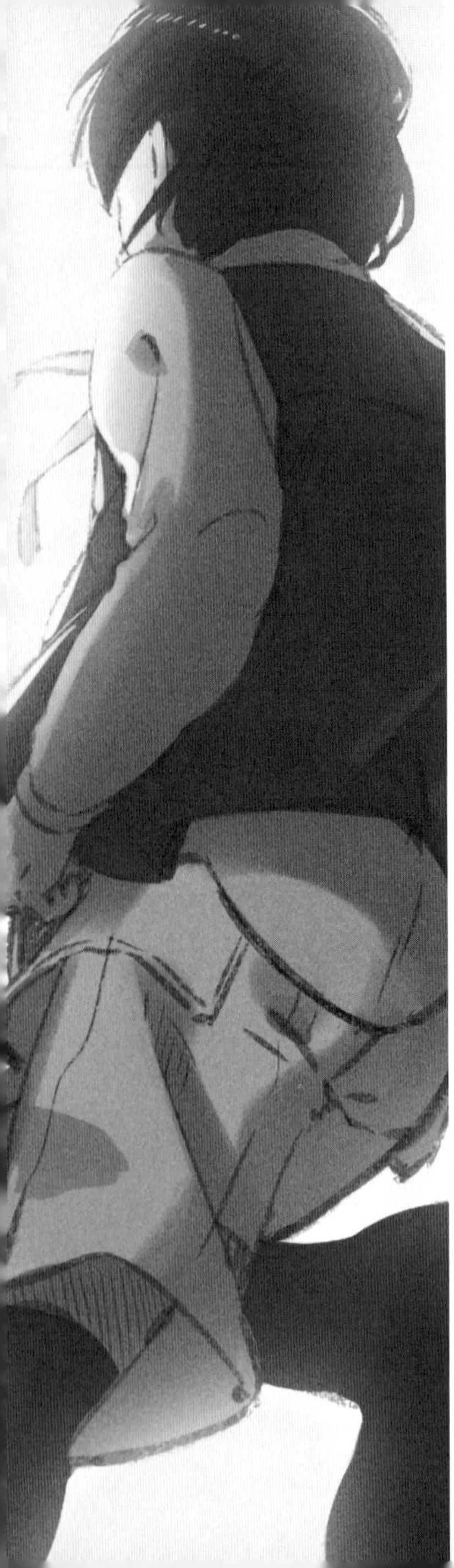

僕《ぼく》の相棒《あいぼう》はIQ《アイキュー》500のスーパーAI《エーアイ》

名《めい》探《たん》偵《てい》 AI-HARA《アイハラ》

佐東みどり

脚本家、作家。アニメ、ドラマ、舞台の脚本を手がける。
小説に「恐怖コレクター」シリーズ、「怪狩り」シリーズ、
「謎新聞ミライタイムズ」シリーズ、「科学探偵 謎野真実」シリーズなどがある。

ふすい

イラストレーター。数多くの書籍装画や挿絵を手がける。
オフィシャルHP：https://fusuigraphics.tumblr.com
Twitter：https://twitter.com/fusui0519

印刷　2020年3月15日
発行　2020年3月30日

作　佐東《さとう》みどり
絵　ふすい

装丁　延澤武

初出　毎日小学生新聞
2019年8月21日〜11月26日

発行人　黒川昭良

発行所　毎日新聞出版

〒102-0074 東京都千代田区九段南1-6-17
千代田会館5階
営業本部　03(6265)6941
図書第一編集部　03(6265)6745

印刷・製本　図書印刷

ISBN 978-4-620-20035-4